VENEDIG POETISCH
Ein literarischer Stadtführer

Von diesem Werk wurde im Oktober 1988 eine Auflage von 4000 Exemplaren hergestellt.
Die graphische Gestaltung und der Entwurf des Schutzumschlages stammen von Christian Brandstätter.
Die Abbildung auf dem Schutzumschlag zeigt die Kirche Santa Maria della Salute auf Zattere in einer Photographie von Karlheinz Oertel.

Die Gesamtherstellung des Buches besorgte Carl Ueberreuter Gesellschaft m.b.H. in Korneuburg (SRZ, Korneuburg). Gesetzt wurde in der Garamond, 10 auf 11 Punkt, bei der Alfred Gessky Ges.m.b.H. in Wien.

Der Verlag dankt allen urheberrechtlichen Personen und Verlagen für die Genehmigung der Textzitate.

ISBN 3-85447-306-0

Christian Brandstätter Verlag & Edition Gesellschaft m. b. H. & Co. KG
A-1080 Wien, Wickenburggasse 26, Tel. (0 22 2) 48 38 14–15

Günter Treffer/Karlheinz Oertel

VENEDIG POETISCH

Mit Texten von
Byron · Casanova · Dickens · Goethe · Gautier · Hemingway
Thomas Mann · McCarthy · Nietzsche · Pound
Ruskin · Taine · Twain

Verlag Christian Brandstätter · Wien

Literaturnachweis

ARETINO, Pietro. Brief an Tizian, Mai 1544. In: Hippolyte Taine: Reise in Italien. Düsseldorf/Köln 1967. ARNDT, Ernst Moritz. Reisen durch einen Teil Deutschlands, Italiens und Frankreichs. Leipzig 1801. AUSLÄNDER, Rose. Mein Venedig. In: Mein Venedig versinkt nicht. Frankfurt 1982. BIERBAUM, Otto Julius. Sentimentale Reise mit dem Automobil. München 1902. BLOCH, Ernst. Verfremdungen II; Geographica. Frankfurt 1965. BRIEMLE, N. Zit. nach Ritschel. BROSSES, Charles de. Des Präsidenten De Broses vertrauliche Briefe aus Italien an seine Freunde in Dijon 1739–1740. München 1919 und 1922. BURNEY, Charles. Tagebuch einer musikalischen Reise. Hg. von Eberhard Klemm. Wilhelmshaven 1980. BUTOR, Michel. Orte-Description de San Marco. Frankfurt 1966. BYRON, George Gordon, Lord. Byron in seinen Briefen und Tagebüchern. Dargestellt von Cordula Gigon. Zürich/Stuttgart 1963. CANALE, Pietro. Zit. nach Langewiesche. CARUS, Carl Gustav. Reise durch Deutschland, Italien und die Schweiz im Jahre 1828. Dresden 1829. CASANOVA, Giacomo. Geschichte meines Lebens. Berlin 1964, 1985. CASSIODORUS, Magnus Aurelius. Variae XII 24. In: Monumenta Germaniae Historica; Auctors Antiquissimi. Hg. von Theodor Mommsen. Berlin 1894. CHATEAUBRIAND, François-René de. Erinnerungen; Mémoires d'outre tombe. München 1968. COMMYNES, Philippe de. Zit. nach Langewiesche. CORVO, Frederick Rolfo Conte. Zit. nach Honour. CORYATE, Thomas. Venedig- und Rheinfahrt a. d. 1608. Frankfurt 1970. DA PONTE, Lorenzo. Mein abenteuerliches Leben; die Memoiren des Mozart-Librettisten. Hamburg 1960. DICKENS, Charles. Bilder aus Italien. München 1981. DÜRER, Albrecht. Briefe an Willibald Pirkheimer vom 7. 2. und 13. 10. 1506. In: Schriftlicher Nachlaß, Band 1. Hg. v. Hans Rupprich. Deutscher Verein für Kunstwissenschaften. Berlin 1956. FABER, Felix. Evagatorium in Terrae Sanctae, Arabiae et Egypti peregrinationem, Stuttgart 1849. FEUERBACH, Anselm. Briefe an seine Mutter. Berlin 1911. FIEDLER, Teja. Venedigs zweites Gesicht. In: Merian Venedig. Hamburg 1988. FINK, Humbert. Adriatische Ufer. Wien 1978. FRANCO, Niccoló. Zit. nach Honour. FREY, Waldemar. Zit. nach Löbl/Schreyer. GAUTIER, Théophile. Voyage en Italie. Paris 1912. GOETHE, Johann Caspar. Reise durch Italien im Jahre 1740. Hg. von der Deutsch-Italienischen Vereinigung, Frankfurt. München 1986. GOETHE, Johann Wolfgang von. Werke. Hamburg 1961. GOLDINI, Carlo. Geschichte meines Lebens und meines Theaters. München 1968. GOUNOD, Charles. Mémoires d'un artiste. Paris 1896. GOZZI, Gazarro. Zit. nach Fink. GRILLPARZER, Franz. Werke, Vierter Band. Hg. von Peter Frank und Karl Pörnbacher. München 1965. GRUNFELD, Frederick von. In: Merian Venedig. Hamburg 1988. HARTLIEB, Wladimir von. Italien; Alte und neue Werte; Ein Reisetagebuch. München 1927. HAUPTMANN, Gerhart. Italienische Reise 1897; Tagebuchaufzeichnungen. Hg. von Martin Machatzke. Frankfurt und Berlin 1976. HAUSENSTEIN, Wilhelm. Venezianische Augenblicke. In: Reisetagebuch eines Europäers. Erlenbach–Zürich und Leipzig 1932; veränderte Ausgabe München 1953. HEMINGWAY, Ernest. Über den Fluß und die Wälder. Reinbek 1950. HERDER, Johann Gottfried. Bloß für Dich geschrieben; Briefe und Aufzeichnungen über eine Reise nach Italien. Berlin (DDR) 1980. HERZMANOVSKY-ORLANDO, Fritz von. Maskenspiel der Genien. Hg. von Friedrich Torberg. München 1958. HESSE, Hermann. Italien. Hg. von Volker Michels Frankfurt 1983. HOFMANNSTHAL, Hugo von. Werke. Frankfurt 1979/80. HONOUR, Hugh. Venedig, ein Führer. München 1973. JAMES, Henry. Die Flügel der Taube. Köln 1962. JUSTI, Carl. Briefe aus Italien. Hg. von Heinrich Kayser. Bonn 1922. LANGEWIESCHE, Marianne. Venedig; Geschichte und Kunst. Reinbek 1962. LIPPOMANO. Zit. nach Langewiesche. LÖBL, Robert/Schreyer, Ingrid. Traumfahrten durch Italien. Wien/München 1979. LÜDEMANN, Wilhelm von/Witte, Carl: Carl Frommels pittoreskes Italien. Leipzig 1837. MANN, Thomas. (1) Der Tod in Venedig. Frankfurt. 1911. (2) In: Merian Venedig. Hamburg 1988. MAUPASSANT, Guy de. La vie errante. Paris 1980. MCCARTHY, Mary. Venedig. München 1968. MEYER, Conrad Ferdinand. (1) Werke. Berlin o. J. (2) Brief an Adolf Calmberg. Calmberg 21. 12. 1871. MORRIS, James. 3 mal Venedig. München 1983. NAPOLEON Bonaparte. Paris 1797. NICOLAI, Gustav. Italien wie es wirklich ist; Bericht über eine merkwürdige Reise in den hesperischen Gefilden, als Warnungsstimme für Alle, welche sich dahin sehnen. Leipzig 1834. NIETZSCHE, Friedrich. Sämtliche Werke; Kritische Studienausgabe. Hg. von Giorgio Colli und Mazzino Montinari. Berlin 1967–1977. PALLADIO, Andrea. Die vier Bücher zur Architektur. Zürich und München 1983. PETRARCA, Francesco. Zit. nach Löbl/Schreyer. POLGAR, Alfred. Die Tauben von San Marco. In: Kleine Schriften, Band II. Reinbek 1983. PÖLLNITZ, Karl-Ludwig Freiherr von. Memoiren. Frankfurt 1735. POUND, Ezra. Pisaner Cantos. Zürich 1956/1969. RICHARD, Abbé. Zit. nach Schudt. RITSCHEL, Karl Heinz. Venedig, Königin der Adria. Wien 1986. RUSKIN, John. Steine von Venedig. Leipzig 1903. SABELLICUS, Marcus Antonius. Zit. nach Löbl/Schreyer. SAND, George. Lettres d'un voyageur. Paris 1869. SCHEFFEL, Josef Viktor von. Zit. nach Ritschel. SCHINKEL, Carl Friedrich. Reisetagebücher 1803. In: Aus Schinkels Nachlaß. Berlin 1862. SCHLOSSER, Julius von. Die Entstehung Venedigs. In: Briefe, Berichte und Bilder aus vier Jahrhunderten. Hg. v. Carl v. Lorck. Dresden 1938. SCHUDT, Ludwig. Italienreise im 17. und 18. Jahrhundert. Wien 1959. SEUME, Johann Gottfried. Spaziergang nach Syrakus. In: Prosaschriften. Köln 1962. SHARP, Samuel. Zit. nach Schudt. SIMMEL, Georg. Zur Philosophie der Kunst. Potsdam 1922. SPECKTER, Erwin. Briefe eines deutschen Künstlers aus Italien. Leipzig 1846. SPENCER, Herbert. Zit. nach McCarthy. STAEL, Germaine de. Corinna oder Italien. München 1979. STEGMANN, Karl Josef. Zit. nach Löbl/Schreyer. STENDHAL (Henri Beyle). Reise in Italien. Jena 1911. STOLBERG, Friedrich Leopold Graf von. Reise in Deutschland, der Schweiz, Italien und Sizilen in den Jahren 1792/93. Leipzig 1794. SUARÈS, André. Eine italienische Reise. Leipzig 1914. TAINE, Hippolyte. Reise in Italien. Düsseldorf/Köln 1967. „THE TIME" Zitat. London 15. Juli 1902. THOMA, Ludwig. Käsebiers Italienreise. München 1916. TORBERG, Friedrich. Die Tante Jolesch. München 1975. TURNER, J. M. W. Zit. nach Honour. TWAIN, Mark. Reise durch die Alte Welt. Hg. von Helmut Wiemken. Frankfurt o. J. VISCHER, Friedrich Theodor. (1) Briefe aus Italien. München o. J. (2) Auch Einer. Stuttgart 1879. WAGNER, Richard. Klang einer Stadt. Zürich 1955.

Bildnachweis

BERKENSTRÄTER, Bert: S. 105. BRANDSTÄTTER, Christian Sammlung: S. 9, 11, 13, 15, 19, 21, 23, 31, 35, 39, 41, 43, 47, 51, 55, 59, 63, 67, 71, 75, 79, 83, 87, 91, 99, 101, 107, 115, 119 121, 123, 127. OERTEL, Karlheinz: S. 17, 25, 27, 29, 33, 37, 45, 49, 53, 57, 61, 65, 69, 73, 77, 81, 85, 89, 93, 95, 97, 103, 109, 111, 113, 117, 125.

Inhalt

VENEDIG · STADTPLAN

S. Michele
Cimitero Comunale
Sacca
Murano
S. Alvise
Madonna dell'Orto
Sacca della Misericordia
Abbazia d. Misericordia
Chiesa dei Servi
Fondamenta Nuove
S. Marcuola
S. Sofia
S.S. Apostoli
S. Canciano
Osped. Civile
Scuola di S. Marco
S. Lazzaro dei Mendicanti
S. Giovanni e Paolo
S. Maria del Pianto
Ospedaletto
Gazometro
Caserme
S. Francesco della Vigna
S. Lorenzo
S. Giorgio d. Schiavoni
S. Zaccaria
S. Antonino
S. Giorgio d. Greci
Arsenale
S. Martino
S. Giovanni Bragora
Riva degli Schiavoni
Molo
Ponte della Paglia
S. Marco
Palazzo Ducale
Giardino Reale
Campanile
S. Moisè
S. Maria Formosa
Giovanni Nuovo
S. Giuliano
S. Salvatore
Posta
S. Lio
La Fava
Teatro Malibran
S. Giovanni Crisostomo
Teatro Goldoni
Teatro Rossini
Teatro Fenice
Campo S. Angelo
S. Stefano
S. Samuele
S. Maurizio
S. Maria Zobenigo
S. Silvestro
S. Aponal
Campo S. Polo
S. Polo
S. Cassiano
Mater Dom.
S. Giacomo dall'Orio
S. Stae
Ghetto Nuovo
S. Fosca
Pescaria
Fabbriche Nuove
S. Giovanni Elemosinario
Fabbriche di Rialto
Canal Grande
S. Maria della Salute
Dogana di Mare
Punta della Salute
Seminario Patriarcale
Rio della Fornace
Lo Spirito Santo
Canale di S. Marco
Bacino
Ponte S. Giorgio
S. Giorgio Magg.
Isola di S. Giorgio Maggiore
Canale della Grazia
Canale della Giudecca
Le Zitelle
Fond. della Croce
Campo della Croce
Ponte S. Croce
Fond. S. Giacomo
Il Redentore
Penitenziario Maschile
Ponte Veneta Marina
Chioggia
Lido
Via Vitt. Emanuele
1 2 3 4 5 6 7 8 9 10 11 12 13 14 15 16 17 18 19 20 21 22 23 24

Ein großes Werk versammelter Menschlichkeit,
ein herrliches Monument eines Volkes!
Johann Wolfgang v. Goethe. 1786.

An der Brücke stand
jüngst ich in brauner Nacht.
Fernher kam Gesang:
goldner Tropfen quoll's
über die zitternde Fläche weg.
Gondeln, Lichter, Musik –
trunken schwamm's
in die Dämmrung hinaus . . .

Meine Seele, ein Saitenspiel,
sang sich, unsichtbar berührt,
heimlich ein Gondellied dazu,
zitternd vor bunter Seligkeit.
– Hörte jemand ihr zu? . . .
Friedrich Nietzsche. 1889.

Nun sollte ich von Venedig reden, dieser wundervollen alten Dame, die nicht mehr lachende Augen hat. Was ist sie nicht alles gewesen: Heldin, Herrscherin, Kurtisane. Ihre Augen waren lange die strahlendsten Europas, jetzt haben sie einen melancholischen Glanz. Aber schön ist Ihre Majestät Venezia immer noch, – vielleicht zu schön für diese plebejische Gegenwart, in die sie gar nicht paßt. Eine Königin, die sich für Geld sehen lassen muß vor Gaffern, die zwar Geld, aber keinen Respekt vor alten, echten Majestäten haben.
Otto Julius Bierbaum. 1902.

Die Piazzetta. Links die Libreria Marciana (Alte Bibliothek), erbaut 1537–88 von J. Sansovino; dahinter der Campanile; rechts der Dogenpalast, im Hintergrund die Markuskirche. Autochrom, um 1910.

Wer die Stadt von oben betrachtete, würde glauben, ein mit Türmen versehenes Bild der Erde inmitten des Ozeans errichtet zu sehen.
Marcus Antonius Sabellicus. Um 1490.

Jenes Zwischenreich zwischen Land und See, zwischen süßem und salzigem Gewässer, umweht vom feuchten Dunst, wo sich der Mensch wie ein Wasservogel ein Nest gebaut hat auf unsicherem, stets in Bewegung befindlichem Grunde. Dort winkt . . . die seltsamste Stadt der Welt, Venedig . . .
Julius v. Schlosser. 1898.

Durch künstliche Dämme versteht ihr eure Wohnungen miteinander zu verbinden in dem Gebiet, um welches Meer und Erde sich streiten und die Wut der Wellen zu brechen, und der scheinbar schwache Wall trotzt der Stärke des Wassers.
Einmal erblickt man euch als Bewohner des Festlandes, dann wieder als Insulaner; manchmal glaubt man sich auf den Kykladen zu befinden, dann wird mit einem Male wieder der Festlandscharakter erkennbar.
Cassiodor. 537.

Die Eisenbahn erreicht die Lagune, und sogleich bekommt die Landschaft einen seltsamen Anblick und seltsame Farben.
Kein Gras und keine Bäume, alles ist Meer und Sand; in der Ferne tauchen Ufer auf, niedrig und flach, einige halb überschwemmt von der Flut.
Hippolyte Taine. 1864.

Wie der Blick vom Campanile der Kirche San Giorgio Maggiore auf die Landschaft der Lagune müßte von einem imaginären Turm aus der Blick auf die Welt vorm zweiten Schöpfungstage gewesen sein, ehe der Herr das Feste und das Flüssige getrennt; denn soweit das Auge schweift, sieht es keine Wälder, keine Bäume, keine Äcker, keine Felder. Nur Himmel, Wasser, Sand und die Stadt aus Stein.
Marianne Langewiesche. 1962.

Im Zwischenreich zwischen Land und See. Bildmitte links: die Punta della Dogana, mit dem Meeres-Zollamt (1682), dahinter Santa Maria della Salute. Auf der gegenüberliegenden Seite des Canal Grande blickt man auf den Giardino Reale und das Gebäude der Capitania del Porto.

Eingefahren um Mitternacht in die Lagunenstadt. Ganz still, alles totenstill. Gerade recht für mich. Ihr erzählt viel, alte Mauern, in aller Stille viel. Mancher Mensch ist auch so eine still gewordene Stadt. – Unter der Seufzerbrücke heraus ins Offene. Der Mond taucht auf. Dogenpalast. Hier Piazetta, Markuslöwe, der heilige Theodor mit dem „cocodrillo“. Stich zu auf den Drachen, hab auch ge – – – still, still, davon still, ins Kühle schauen, ins graue Silber auf den Wellen . . .
Fr. Th. Vischer. 1879.

Am 29. August nachmittags in Venedig angekommen. Auf der Fahrt den großen Kanal entlang zur Piazetta melancholischer Eindruck und ernste Stimmung: Größe, Schönheit und Verfall dicht nebeneinander . . . Eine durchaus ferne, ausgelebte Welt: sie stimmt zu dem Wunsch der Einsamkeit vortrefflich. Nichts berührt unmittelbar als reales Leben: alles wird objektiv, wie ein Kunstwerk.
Richard Wagner. 1858.

Der erste Anblick Venedigs ist nicht malerisch, er ist mehr: er ist zauberisch! Das Übernatürliche an ihm überrascht, bewältigt uns – wir wissen nicht, ob wir wachen oder ob es ein Traumbild ist, das uns erschien. Weithin überblicken wir die öde, segellose Lagune. Auf einmal taucht Spitze an Spitze, Kuppel an Kuppel, Säule an Säule, Mast an Mast gedrängt, Palast an Palast, der Markusturm, die goldene Kuppel des Doms, die Pracht von Maria della Salute und der Dogana, endlich in ihrer vollen Breite die ganze riesige Stadt aus den Meereswogen empor! Auf dem Meere ist unser Auge gewohnt, Schiffe zu sehen, aber nicht eine Stadt, die wie zitternd auf dem beweglichen Wasserspiegel schwimmt: Nicht Türme, nicht Kirchen und Schlösser.
Es ist ein Gemälde, das die Macht der Natur und die Gewalt des Menschengeistes zu bewundern zwingt.
W. v. Lüdemann u. C. Witte. 1837.

Blick auf die linke Seite des Canal Grande mit dem Hotel Bauer-Grünwald. Im Hintergrund der Campanile. Autochrom, um 1910.

Alle Städte sind gleich, nur Venedig is a bissele anders.
Friedrich Torberg. Die Tante Jolesch. 1975.

Venedig ist eine so außergewöhnliche Stadt, daß man sich gar keine rechte Vorstellung von ihr machen kann, wenn man sie nicht wirklich gesehen hat. Landkarten, Pläne, Modelle und Reisebeschreibungen genügen nicht: Man muß sie sehen. Die großen Städte der Welt sind einander mehr oder weniger ähnlich – Venedig gleicht keiner von ihnen . . . Je älter ich wurde, je mehr Kenntnisse ich mir aneignete und je mehr Vergleichsmöglichkeiten ich hatte, um so mehr Schönheiten entdeckte ich an ihr.
Carlo Goldoni. 1770.

Berauscht von dem ersten Anblick Venedigs, schiffen wir in den Kanal Rio grande, der die Stadt durchschneidet und den der Rialto kühn überspannt. Sogleich erkennen wir, daß in Venedig alles anders ist wie anderswo – alles gegen unsre und andrer Städte Gewohnheit. In der schwarzen Gondel, auf weichen Kissen orientalisch hingestreckt, vernehmen wir keinen Laut als das kreischende Eh' und Ah! der Gondoliere, welche sich begegnend ausbiegen. Kein Wagen rasselt, kein Roß stampft, kein Volkshaufen jubelt oder schreit, kein Menschentritt ertönt. Diese Stille setzt uns in die rechte Stimmung, Venedig zu sehen, das Rom der Meere.
W. v. Lüdemann u. C. Witte. 1837.

Venedig ist nicht nur eine besondere, von allen Städten Italiens verschiedene Stadt, sondern Venedig ist auch eine besondere, von allen anderen Gegenden Italiens abweichende Gegend, mit einem eigenen Boden, einem eigenen Himmel, einem eigenen Klima und einer eigenen Luft.
Hippolyte Taine. 1864.

Canal Grande. Mitte rechts das Palazzo Cornèr, genannt Ca' Grande, erbaut 1536 von J. Sansovino, der prächtigste Renaissancepalast der Stadt.

Sie werden über Venedig staunen. Denken kann man sich diese sonderbare Stadt nicht, man ist froh, sie gesehen zu haben, aber daheim fühlt man sich nicht unter diesen Amphibien . . .
Friedrich Leopold Graf zu Stolberg. 1792.

Wir sind in Venedig, müssen Sie wissen. Hier wächst nichts, aber man findet hier alles und zu jeder Tageszeit, und in einem Augenblick kann man alles haben, was man wünscht.
Carlo Goldoni. 1778.

In Venedig ist alles anders als anderswo, haben alle Geschichten eine andere Moral als sonst üblich, hat sich die Natur auf die absonderlichste Weise verkleidet und haben die Menschen Biographien, die an jedem anderen Punkt der Erde skurril und unglaublich anmuten würden, die aber hier nur banal und absolut glaubwürdig sind.
Humbert Fink. 1978.

Die Venezianer erfanden die Einkommensteuer, die Statistik, die Ausgabe von Staatsaktien, die staatliche Bücherzensur, anonyme Denunziationen (die Bocca del Leone), das Spielkasino und das Ghetto. 1504 trugen sie dem Sultan die Idee eines Suezkanals vor.
Mary McCarthy. 1968.

Blick vom Riva degli Schiavoni, dem Uferkai westlich vom Dogenpalast, im Hintergrund die Kirche Il Redentore, ein Hauptwerk Palladios (1577–92).

Als die Sonne aufging, glänzte die prächtige Stadt Venedig wie Gold . . .
Felix Faber. Um 1545.

Ich sehe Schiffe, so groß wie mein Haus, mit Masten, höher als Türme. Sie sind gleich Bergen, die auf Wasser schwimmen. Sie befahren jeden Teil des Erdkreises und trotzen unermeßlichen Gefahren. Sie bringen Wein nach England, Honig nach Rußland, Leinwand nach Assyrien, Öl nach Armenien, Holz nach Ägypten und Griechenland und kehren zurück, schwer beladen mit Erzeugnissen aller Art, die von hier aus in alle Weltgegenden verschickt werden.
Francesco Petrarca. 1304–1374.

Heiter oder traurig, von der Sonne beschienen oder düster, rosig rot oder blaß, lachend oder dunkel drohend – Venedig ist ein einziges, beständiges Kaleidoskop, eine einzigartige Mischung gegensätzlichster Eindrücke – eine Perle, möchte ich fast sagen, in einer dunklen, lärmenden Fassung. Venedig – wie eine Zauberin betörend! Es nimmt einen im Augenblick gefangen, fasziniert.
Charles Gounod. 1896.

Dieses übertrieben gepriesene Wunder, dieser goldene Götze, mit den tönernen Füßen, dieses trompe-l'œil, diese bemalte Attrappe, dieses Cliché – welcher intelligente Bilderstürmer empfände in seiner Gegenwart nicht einen Drang nach Zerstörung?
Mary McCarthy. 1968.

Die Insel San Giorgio Maggiore, in spektakulärer Lage direkt gegenüber dem Markusplatz, mit der gleichnamigen Kirche, einem Hauptwerk Palladios (1565–80). Rechts der kleine Canal della Grazia mit einem Zipfel der Giudecca.

Auf dem Meere schien die Turm- und Kuppelstadt zu schwimmen, in ein träumerisch duftig Blau gehüllt, und je näher ich kam, je leuchtender, glänzender erstand sie vor mir. Die goldne Muschel schien es zu sein, in der die Göttin der Schönheit ans Ufer geschwommen. Wie eine herrliche Wassertulpe wuchs sie aus dem Meer.
Erwin Speckter. 1830.

Ich begann zu glauben, daß es mit dem alten Venedig der Lieder und Geschichten für immer vorbei sei. Aber ich war zu voreilig. Binnen weniger Minuten trieben wir elegant hinaus auf den Canale Grande, und da lag im milden Mondlicht das Venedig der Dichtung und Romantik vor uns. Direkt vom Rand des Wassers erhoben sich lange Reihen stattlicher Marmorpaläste; Gondeln glitten schnell hierhin und dahin und verschwanden plötzlich durch unvermutete Tore und Gäßchen; schwere Steinbrücken warfen ihre Schatten quer über die glitzernden Wellen. Überall herrschte ein Leben und Treiben, und doch lag über allem eine Stille, eine Art verstohlener Stille, die an heimliche Geschäfte gedungener Mörder und Liebender denken ließ; und halb in Mondstrahlen und halb in geheimnisvolle Schatten gehüllt, schienen die düsteren, alten, herrschaftlichen Häuser der Republik einen Ausdruck zu haben, als blickten sie im selben Moment mit einem Auge solchen Ereignissen entgegen. Musik schwebte über dem Wasser – Venedig war vollkommen.
Mark Twain. 1867.

Der Markusplatz (Piazza di San Marco) mit der Markuskirche (Basilica di San Marco), und dem Torre dell' Orologio (Uhrturm), erbaut wahrscheinlich von Mauro Codussi (1499). Autochrom, um 1910.

Also Venedig. Nie wird das Bild der liebenswürdigen Nation, die nun als selbständig zu existieren aufgehört hat, in meiner Seele verlöschen, und ich rechne es mit unter die vorzüglichsten Glücksfälle meiner Reise, daß ich Venedig noch sah, eh das Verhängnis es in einem Jahre wechselweise zum Schauplatz einer ungebändigten Anarchie und zu einer österreichischen Provinzstadt herabwürdigte.
KARL JOSEPH STEGMANN. 1798.

Das heutige Venedig ist ein riesiges Museum, dessen kleine Pforte sich ständig knirschend in den Angeln dreht, und man durchschreitet es mit einer Herde von Mit-Betrachtern. Es gibt nichts mehr, was man noch entdecken oder beschreiben könnte; man kann nichts Neues mehr darüber sagen, aber das Alte, das man darüber sagen kann, ist besser als alle Neuigkeiten der Welt.
HENRY JAMES. 1891.

Und es ist zwecklos, zu behaupten, daß das Venedig der Touristen nicht das wirkliche Venedig sei, was bei anderen Städten möglich ist – bei Rom, Florenz oder Neapel. Das Touristen-Venedig ist Venedig: die Gondeln, die Sonnenuntergänge, die wechselnde Beleuchtung, das Café Florian, das Café Quadri Torcello, Harrys Bar, Murano, Burano, die Tauben, die Glasperlen, der Vaporetto. Venedig ist eine Faltpostkarte seiner selbst.
MARY MCCARTHY. 1968.

Die Piazzetta mit Blick auf San Giorgo Maggiore. Links der Dogenpalast; in der Bildmitte die beiden Säulen (12. Jh.) mit den Figuren des Markuslöwen (links) und des hl. Theodor. Photographie von C. Naya. Um 1890.

Eine Stadt aus Rosa und Weiß, die sich vor einem saphirblauen Himmel aus einer smaragdgrünen See erhebt.
J. M. W. Turner. 1819.

Große violette Wolken durchqueren den Himmel über Venedig. Der Turm von San Marco, die Kuppeln von Santa Maria und diese ganze Baumschule von Spitzen und Minaretten, die sich überall in der Stadt erheben, zeichneten sich als schwarze Nadeln auf dem glitzernden Farbton des Horizontes ab. Der Himmel ging durch eine wunderbare Abstufung von Schattierungen vom Kirschrot zum Smaltblau über; und das Wasser, ruhig und klar wie Eis, spiegelte genau dieses unendliche Schillern wider. Unter der Stadt schien es wie ein großer Spiegel aus rotem Kupfer. Noch nie hatte ich Venedig so schön und so märchenhaft gesehen.
George Sand. 1869.

Venedig wäre nicht Venedig, wenn es im freien Meere läge; an jenem Morgen empfand ich den enormen Unterschied von Meer und Lagune. Die leuchtend frischen, jubelnden Farben des bewegten Meeres würden Venedig seinen eigensten Schmuck rauben: das Verschleierte, Traumhafte, verborgen Schillernde . . .
Hermann Hesse. 1877–1962.

Ein Streifzug durch die Jahrhunderte: Die Dachlandschaft von San Marco.

Die Augen haben ihre Gewohnheiten; sie bekommen sie von den Dingen, die sie am häufigsten sehen. In Venedig ist das Auge stets fünf Schritt vom Meere und sieht es fortwährend. Alle Farben sind in Paris dürftig, in Venedig leuchtend: die Kleider der Gondolieri, die Farben des Meeres, die Reinheit des Himmels, . . .
Stendhal. 1817.

In der ununterbrochenen Bewegung wandeln sich und schmelzen alle Farbtöne. Je nach den Farben des Himmels wechselt das Wasser. An Stelle der klaren, starken und trockenen Töne des festen Bodens gewahrt das Auge ein Schillern und Verschwimmen, ein unaufhörliches Aufstrahlen verschmolzener Farben. Man könnte Stunden damit verbringen, diese Abstufungen, Tönungen, diesen Glanz zu beobachten. Ist aus einem derartig täglich betrachteten Schauspiel, aus dieser unwillkürlich als Lehrmeisterin aufgenommenen Natur das Kolorit der Venezianer entstanden?
Hippolyte Taine. 1864.

Gondeln vor der Riva degli Schiavoni. Im Hintergrund Santa Maria della Salute.

„Pax tibi marce evangelista meus“
„Friede sei mit dir Markus, mein Evangelist“
Inschrift auf den geöffneten Seiten des Evangeliums, das der Löwe des hl. Markus zwischen seinen beiden Tatzen hält.
Der Löwe tritt in den Staatsmythos ein in Gesellschaft des Evangelisten und zeugt einen Löwenwurf nach dem anderen – alles halb ironische, halb literarische Anspielung auf den ursprünglichen: den großen Kriegslöwen des Arsenal-Tors, dessen Buch unheilverkündend geschlossen ist („Friede sei mit Euch“), unter ihm die stilisierten Löwen aus Griechenland vor dem Arsenal, wie die drei Bären im Märchen, der König der Tiere mit erhobenem Schweif als trompe l'œil auf der Scuola di San Marco, die roten brüllenden Löwen links von der Markuskirche, auf denen täglich die Kinder reiten, der Löwe von Chioggia, von dem die Venezianer behaupten, er sei nur eine Katze; der Löwe, der wie ein Hund aussieht, an der Porta della Carta, von dem Dogen Foscari geehrt . . . Vom Markusplatz an breiten sie sich in den verschiedensten Formen und Größen, schnurrbärtig oder glattrasiert, in Venedig und seinen ehemaligen Besitzungen bis nach Nauplia und dem Peloponnes, aus. Aber der Löwe von San Marco ist geflügelt, das heißt ein Ungeheuer, und dieses erzeugt eine ganze Herde von Ungeheuern, Basilisken und Drachen mit ihren dazugehörigen Heiligen und Tötern, alles Lieblinge venezianischer Künstler. Der heilige Hieronymus wird, dank seinem zahmen Löwen, zum Lieblingsheiligen Venedigs.
Mary McCarthy. 1968.

Sankt Markus' heil'ger Löwe auf der hohen Porphyrsäule, umsonst schlägt er mit seinem Schweif die Weichen und reizt zur Wut sich auf; sein Brüllen ist verhallt, versteinert seine Wut und alle seine Brüder längst entschlafen. Ein Adler hat sie alle getötet.
Erwin Speckter. 1830.

Der Löwe von San Marco. Bauplastik über der Porta della Carte des Dogenpalastes. Das Buch ist das Symbol des Evangelisten Markus.

Ruhig am Arsenal stehn zwei altgriechische Löwen;
Klein wird neben dem Paar Pforte wie Turm und Kanal.
Käme die Mutter der Götter herab, es schmiegten sich beide
Vor den Wagen, und sie freute sich ihres Gespanns.
Aber nun ruhen sie traurig; der neue geflügelte Kater,
Überall schnurrt er, und ihn nennt Venedig Patron.
JOHANN WOLFGANG V. GOETHE. VENEZIANISCHE EPIGRAMME. 1790.

Ich werde den Verdacht nicht los, daß die alten Venezianer in puncto Löwen ein wenig den Verstand verloren, denn die Menge der steinernen Artgenossen dieses Raubtiers in Venedig wirkt fast unglaublich. Die Stadt wimmelt von Löwen: geflügelten Löwen und gewöhnlichen Löwen, großen Löwen und winzigen Löwen; Löwen an Türschwellen, Löwen zur Unterstützung der Fenster, Löwen auf Kragsteinen; selbstzufriedenen Löwen in Gärten, aufrecht stehenden Löwen, schläfrigen Löwen, freundlichen Löwen, wilden Löwen, gebrechlichen Löwen, lebensstrotzenden Löwen, toten Löwen, verwesenden Löwen; Löwen auf Schornsteinen, auf Blumentöpfen, Gartentoren, Wappenhelmen, Medaillons, Löwen im Gelaub lauernd, von Säulen herabbrüllend, Löwen auf Flaggen, Löwen auf Gräbern, Löwen auf Bildern, Löwen zu Füßen von Statuen; realistischen Löwen, symbolischen Löwen, heraldischen Löwen, archaischen Löwen, verstümmelten Löwen, chimärischen Löwen; Halblöwen, Superlöwen, Löwen mit überlangem Schwanz, gefiederten Löwen, Löwen mit Juwelenaugen, Marmorlöwen, Porphyrlöwen . . . Es gibt griechische Löwen, gotische Löwen, byzantinische Löwen, ja sogar hethitische Löwen.
HUGH HONOUR. 1966.

Einer der Löwen vor dem Arsenal. Wie viele Kunstschätze der Lagunenstadt, sind sie Raubstücke, Erinnerung an die Plünderung von Byzanz 1204.

Als der amerikanische Schriftsteller Robert Benchley nach Venedig kam, um einen Artikel über die Stadt zu schreiben, schickte er dem Redakteur seiner Zeitung das Telegramm „Straßen voller Wasser. Erbitte weitere Anweisungen".
FREDERICK V. GRUNFELD. 1988.

Wasser schlägt an die Theatertreppen, an die Treppen und Mauern der Häuser, alles Oben und Unten von Druck und Last scheint verkehrt, leicht schwimmt die Stadt auf ihren bedrohten alten Pfählen, mit Kopflast nach oben. Gerade ihr Zentrum, der Dogenpalast, obwohl auf einer festen Insel und nicht auf Pfählen stehend, akzentuiert diese Umkehrung, dies schäumende und entstiegene Wesen: unten die leichte, durchbrochene Loggia über Säulen, oben erst, als „Krönung", die schwere Mauer.
ERNST BLOCH. 1964.

Auch diese Kanäle macht man gewöhnlich zu was Herrlichem. Sie sind ein Werk der Notwendigkeit und als solches ganz gut, aber wahrhaftig kein Werk der Schönheit. Wenn man den Großen Kanal und den Rio dell' arsenale ausnimmt, so sind die meisten eng und laufen nach allen Krümmungen und Wendungen mit den Gassen fort.
Dies hat freilich in Rücksicht der Fahrt keine Unbequemlichkeit, denn da verstehen die Gondolieri das Ding; aber es hat eine große für die Augen und Nasen. Da man alle Unreinigkeiten, alles Geschabte und Gekratzte und Gefegte und Gerupfte in die Kanäle wirft und so den weiten Fluten des Meeres überantwortet, da ferner die Kloake und Kommoditäten und wie die Dreckschlünde alle heißen mögen, in diese Kanäle führen, so hat man oft ebenso widerliche Anblicke als Gerüche, die in den heißesten Monaten des Jahres noch ärger sein müssen.
ERNST MORITZ ARNDT. 1798.

Blick hinter die Kulissen der Lagunenstadt: Einer der unzähligen Kanäle, die Venedig kreuz und quer durchziehen.

Es ist die schönste Straße, die man in der ganzen Welt finden kann, und mit den schönsten Häusern eingefaßt und sie geht durch die ganze Stadt. Die Häuser sind sehr hoch und groß und aus gutem Stein und die älteren ganz bemalt, und sie stehen schon seit 100 Jahren. Die anderen, die in den letzten 100 Jahren erbaut worden sind, haben Fassaden von weißem Marmor, der aus Istrien kommt, und von Porphyr. Im Inneren haben alle zum mindesten zwei Gemächer mit vergoldeten Dielen, reichen Kaminen aus behauenem Marmor und Betten, deren Pfosten vergoldet sind, und die anderen Gemächer sind auch vergoldet und ausgemalt und innen sehr gut ausgestattet. Es ist die triumphalste Straße, die ich je gesehen habe, es ist die glückstrahlendste Stadt, die ich jemals sah.
Philippe de Commynes. 1495.

Wenn ich an das Fenster trete, so sehe ich gegen tausend Menschen und ebensoviel Barken. Rechts fallen meine Blicke auf die Schlachtbänke und den Fischmarkt, links auf die Brücke und den Fondacco dei Tedeschi. In der Mitte der Rialto, von Geschäftsleuten wimmelnd. Die Barken glichen Weinbergen, die Plätze scheinen Gärten, und die Läden sind von Wild und Geflügel überfüllt. Schon mit Sonnenaufgang ist der Kanal von allen Produkten, welche die Jahreszeiten bieten, überdeckt.
Pietro Aretino. 1544.

Canal Grande, linkes Ufer. Von rechts nach links die beiden gotischen Paläste aus dem 15. Jh. Ca' Foscari, heute Sitz der Universität, und Palazzo Giustinian (Richard Wagner komponierte hier „Tristan und Isolde"), sowie die Ca' Rezzonico, ein barocker Prachtbau B. Longhenas (1660).

Ich fuhr in den Großen Kanal hinein; auf der Schattenseite lagen alle Paläste und Kirchen im blauen, aber glänzenden Duft, und nur die Ecken waren vom Mond goldverbrämt; auf der andern Seite wallte sein Licht wie ein tröstender Freund an den hohen Mauern hin, und wie es auf die Fensterscheiben glitzerte, die einem dunklen, leeren Zimmer Licht geben, so war es, wie wenn in trübe, ausgeweinte Augen der Trost eine milde Träne lockt. In einigen wenigen Palästen war noch Licht, ein matt dämmernd Licht.
Erwin Speckter. 1830.

Auf dem Canal Grande betten
Tief sich ein die Abendschatten,
Hundert dunkle Gondeln gleiten
Als ein flüsterndes Geheimnis.

Aber zwischen zwei Palästen
Glüht herein die Abendsonne,
Flammend wirft sie einen grellen
Breiten Streifen auf die Gondeln.
Conrad Ferdinand Meyer.
Auf dem Canal Grande. 1889.

Venedig heute: Immer stärker werden die Gondeln von Motorfahrzeugen abgelöst.

Man geht durch die Straßen der Merceria bis zur Rialtobrücke; man tritt auf quadratische Tafeln aus Istriamarmor, aufgeraut durch Meißelhiebe, um zu verhindern, daß man ausgleitet; man durchquert eine Gegend, die eine dauernde Messe darstellt, und erreicht jene Brücke, die in einem einzigen Bogen von neunzig Fuß Spannweite den Canal Grande überbrückt, durch ihre Höhe den Barken und Kleinseglern auch bei höchster Flut Durchgang gewährt, den Passanten drei verschiedene Wege bietet und auf ihrem Bogen vierundzwanzig Läden mit Wohnungen trägt, die mit Bleidächern gedeckt sind.
Carlo Goldoni. 1778.

Ich fand leicht den großen Kanal und die Hauptbrücke Rialto; sie besteht aus einem einzigen Bogen von weißem Marmor. Von oben herunter ist es eine große Ansicht, der Kanal gesäet voll Schiffe, die alles Bedürfnis vom festen Lande herbeiführen und hier hauptsächlich anlegen und ausladen, dazwischen wimmelt es von Gondeln.
Johann Wolfgang v. Goethe. 1786.

... aber nur ein Gebäude ist es, was mich seines gewaltigen Gedankens und seiner Ausführung wegen ganz niedergeschmettert hat, der Ponte Rialto! Diese Masse und Last von ungeheuren Marmorblöcken in der Breite, in einem einzigen Bogen, ohne Stütze gehalten, sich über den Fluß gewölbt nur zu denken, ist ein solcher Riesengedanke, daß mir schwindelt – geschweige denn es auszuführen.
Erwin Speckter. 1830.

Die berühmteste Brücke Venedigs, die Rialto-Brücke, wurde 1951 neu errichtet. Sie überspannt den Canal Grande in einem einzigen Bogen von 28 m Spannweite und 7,50 m Höhe. Auf der Brücke eine Arkadenreihe mit Läden.

Die Enge und Gedrängtheit des Ganzen denkt man nicht, ohne es gesehen zu haben. Gewöhnlich kann man die Breite der Gasse mit ausgereckten Armen entweder ganz oder beinahe messen, in den engsten stößt man schon mit den Ellbogen an, wenn man die Hände in die Seite stemmt; es gibt wohl breitere, auch hie und da ein Plätzchen, verhältnismäßig aber kann alles enge genannt werden.
Johann Wolfgang v. Goethe. 1786.

Die Straßen sind eng und hoch die Häuser, daß in die meisten kaum das Himmelslicht hineinsieht; aber wenn man in die Höhe sieht; da ist keine Straße, in der nicht herrliche gotische Häuser wären, mit den schönsten, reichverziertesten Balkons und Fenstern.
Erwin Speckter. 1830.

Höchst originell sind die meist engen Gassen, deren beide Seiten sich mit ausgebreiteten Armen erreichen lassen, und ich bin begierig auf den ersten Regentag und die Schirmverwirrung.
Conrad Ferdinand Meyer. 1871.

Tritt man auf einen freien Platz, sei er noch so klein, so steht gewiß ein prächtiger Palast irgendeines Nobile oder eine sehenswerte Kirche da.
Erwin Speckter. 1830.

Das Straßenbild der Stadt abseits der Touristenströme hat sich seit Großvatertagen kaum verändert. Photographie von Hermann Clemens Kosel. Um 1908.

Noch kein normaler Mensch, einschließlich der geborenen Venezianer, hat sich in Venedig jemals ausgekannt. Ich selbst habe zum väterlichen Palazzo, obwohl er keine drei Minuten vom Markusplatz entfernt lag, manchmal erst nach stundenlangem Suchen heimgefunden.
Fritz von Herzmanovsky-Orlando. 1924.

Für den Fremden vollends ist es äußerst schlimm, sich in diesem Chaos zurechtzufinden, obgleich alle Kanäle und Gassen reichlich mit Namen versehen sind. Nirgends kann man empor und um sich sehen, um durch einen Turm oder desgleichen seine Richtung zu bestimmen, die sich bei dem vielen Hinundhergehen nur zu leicht verliert . . .
Nirgends in der Stadt ist ein großer Platz, der einen Ruhepunkt gebe . . .
Ernst Moritz Arndt. 1798.

Gegen Abend verlief ich mich wieder ohne Führer in die entferntesten Quartiere der Stadt. Ich suchte mich in und aus diesem Labyrinth zu finden, ohne irgend jemand zu fragen, mich abermals nur nach der Himmelsgegend richtend. Man entwirrt sich wohl endlich, aber es ist ein unglaubliches Gehecke ineinander . . .
Johann Wolfgang v. Goethe. 1786.

Blick vom Campanile nach Norden. In der Bildmitte der barocke Glockenturm (17. Jh.) der Kirche Santa Maria Formosa, dahinter der mächtige Bau der Kirche Ss. Zanipolo (San Giovanni e Paolo, 1246–1430).

Wie oft haben wir uns des Nachts das Vergnügen gemacht, uns in dem nur für den Venetianer entwirrbaren Labyrinth der Gassen zu verirren. Nachdem wir zwanzig Straßen gefolgt waren, dreißig Gäßchen durchlaufen hatten, zehn Kanäle überschritten, auf ebenso viele Brücken gestiegen und herabgestiegen waren und uns aufs Geratewohl in die Säulenhallen verloren hatten, ist es uns oft passiert, daß wir wieder am Ausgangspunkt angelangt waren.
Théophile Gautier. 1860.

Übrigens bekommt man in Venedig außer den fehlerhaften Kursbüchern, die in ganz Italien zu stark herabgesetzten Preisen erhältlich sind, um ein wahres Spottgeld auch falsche Stadtpläne zu kaufen; es ist ja doch alles eins. Sogar geistlos kopierte Schnittmuster werden den naiven Reisenden als Stadtplan aufgeschwatzt.
Damit dürfte auch das auffallend rege Straßenleben der im Grunde nur wenig bevölkerten Stadt endlich die Erklärung gefunden haben: es kommt von den vielen Verirrten.
Fritz von Herzmanovsky-Orlando. 1924.

Fragt man einen Venezianer nach dem Weg, wird er sempre dritto (immer geradeaus) sagen. Daß es in diesem Knäuel von Gassen und Wegen völlig unmöglich ist, immer geradeaus zu gehen, liegt auf der Hand. Es kann durchaus passieren, daß man sich nach einer Viertelstunde am Ausgangspunkt wiederfindet.
Frederick V. Grunfeld. 1988.

Das Labyrinth: Auch der beste Kenner Venedigs kann in dem Gewirr der Gassen, Plätze, Kanäle und all der Brükken, deren jede der nächsten wie ein Zwilling ähnelt, hoffnungslos die Orientierung verlieren.

Gemauerte Häuser werden schon in Urkunden zu Anfang des 11. Jahrhunderts erwähnt; einzelne Teile, wie Loggien, Lauben und Treppen wurden aber bis in die Renaissance hinein aus Holz aufgeführt.
Julius v. Schlosser. 1898.

Zunächst schienen die Häuser, obwohl aus wirklichen Steinen, aus einer künstlichen Masse geformt. Sodann stellt Euch die Luft vor, die an einigen Stellen rein und frisch, an anderen trüb und rot war. Erwägt auch das Wunder, das ich in den von dichter Feuchtigkeit erfüllten Wolken schaute, die in der Hauptansicht halb auf den Dächern der Häuser zu liegen schienen, und halb in dieser Feuchtigkeit verschwammen, denn rechts war alles in einen schwarzgrauen Dunst gehüllt.
Pietro Aretino. 1492–1556.

Die Wohnungen drängten sich empor und empor, die Häuser suchten die Luft wie Bäume, die geschlossen stehen, sie mußten an Höhe zu gewinnen suchen, was ihnen an Breite abging. Auf jeder Spanne des Bodens geizig, und gleich anfangs in enge Räume gedrängt, ließen sie zu Gassen nicht mehr Breite, als nötig war, eine Hausreihe von der gegenüberliegenden zu trennen und den Bürgern notdürftige Durchgänge zu erhalten.
Johann Wolfgang v. Goethe. 1786.

Wie noch heute, hatten wohl die meisten Häuser Altvenedigs, neben ihrer dem Kanal zugewendeten Front, einen Zugang vom Lande, aus der Calle oder von einem Campo her. Man trat zunächst in einen kleinen Hof, in dessen Mitte sich die traditionelle Brunnenmündung oder vera befand . . .
Julius v. Schlosser. 1898.

Der Ponte di Canonica führt unmittelbar neben der Rückseite des Dogenpalastes über den Rio di Palazzo. Rechts die Marmorfassade des Palazzo Trevisan, eines Renaissancepalastes aus dem 16. Jh.

Unzählige Paläste, mehrenteils altitalienischen Stils, prangen mit ihren verzierten Säulen, Arkaden und Cornichen. Der Stil ihrer Architektur liegt zwischen dem sarazenischen, gotischen und römischen und hat etwas überaus Abenteuerliches, welches noch dadurch vermehrt wird, daß alles das Ansehen der Unbewohntheit hat.
Die Fenster sind größtenteils zerschlagen oder alt und kleinscheibig, die Gesimse zerfallen, das Innere geräuchert . . .
Carl Friedrich Schinkel. 1803.

Man zählt daselbst 140 Paläste, in deren jedem so köstliche Denkmale der Alten vorhanden, daß sie niemals können genug geschätzt werden.
N. Briemle. Um 1750.

Was den Reichtum künstlerisch durchgebildeter Gebäude angeht, so kann sich keine Stadt mit Venedig vergleichen. Andere Städte sind wie Bücher, in denen man beim Blättern hie und da ein Bild findet; hier ist jedes Blatt eines, es gibt keine leeren Blätter.
Carl Justi. 1868.

Jeder Nobile oder wenigstens die alten Häuser dieser Patrizier waren Fürsten für sich; wenn man den Canale Grande entlang fährt, spiegelt sich ein Palast nach dem andern im grünen Lagunenwasser, und einer schöner als der andere, von den spitzbogigen maurischen Balkonfenstern und Säulenhallen des 12. und 13. Jahrhunderts an bis zu den elegantesten, der Antike nachgeahmten Fassaden, mit denen Sansovino und Palladio die Königin der Meere geschmückt.
Joseph Victor v. Scheffel. 1855.

Der klassische Palast der Lagunenstadt ist geprägt von den eleganten Zierformen der Gotik in ihrer typisch venezianischen Variante.

Von den vielen prächtigen Palästen am Canale Grande sind die Palazzi Grimani, Pesaro, Cornaro, Labia die besten. Im Inneren herrscht verschwenderische Pracht, aber ohne rechten Geschmack. Nicht weniger als zweihundert Wohnräume voller Reichtümer sind in dem einzigen Palazzo Foscarini. Aber alles ist überladen; es gibt nicht ein Zimmer, ja nicht einmal einen Lehnstuhl, wo man sich wegen der empfindlichen Bildhauer- und Schnitzarbeiten richtig setzen könnte.
Charles de Brosses. 1739.

Ca' d'Oro, dieses Haus aus Steinblumen . . . Eine luftige Grazie hebt dieses Spitzengebilde in die Höhe und macht die Spitzbogen, die Rosetten und Kleeblätter zittern. Die Fassade atmet gleichförmig mit der kurzschlagenden Welle; sie schlummert mit dem Kanal in der Siesta des Mittags. Bei Sonnenuntergang flammt die Galerie der paarweisen Fenster auf in einem goldenen Inkarnat; nun ist es wahrhaft das Herz des Rosengartens in seiner brennenden Süße, unter den Lippen der Dämmerung.
André Suarès. 1914.

Palast an Palast, alle gleich gebaut. Zwei Eingänge, einer auf den Kanal, der andere ans Land. Im ersten Geschosse ein großer, mit Marmor gepflasterter Saal, dessen eine Wand ganz aus Fenstern besteht, von außen mit Säulen geziert, wert, breitere Straßen zu zieren, alles düster, ernst, streng. Die Massen tragen den Charakter der Republik.
Man möchte weinen, wenn man die Namen hört und die Reste sieht. Das Hotel all'Europa, wo ich wohnte, war einst das Haus der uralten Giustiniani, und in dem Saale, wo der alte Badoar seine Siegesfeste feierte, putzt der Bediente meine Schuhe und hängt meinen Rock dahin, wo sonst eroberte Fahnen hingen.
Franz Grillparzer. 1819.

Die Ca' d'Oro, der prächtigste gotische Palast Venedigs, erbaut 1421–40. Der Name („Goldenes Haus") stammt von der ursprünglich vergoldeten Fassade zum Canal Grande hin.

Alles, was in Venedig geschieht, hat seit jeher diesen Anstrich von Unwahrscheinlichkeit, Symbol dafür ist die Gondel, dieses schwimmende, unwirkliche Gebilde, romantisch und geisterhaft, bezaubernd und absurd zugleich. „Warum haben sie keine Außenbordmotore?" verwunderte sich ein Amerikaner, der die praktische Seite bedachte.
Mary McCarthy. 1968.

Diese Gondel vergleich ich der Wiege, sie schaukelt gefällig,
Und das Kästchen darauf scheint ein geräumiger Sarg.
Recht so! Zwischen der Wiege und dem Sarg wir schaukeln und schweben
Auf dem großen Kanal sorglos durchs Leben dahin.
Johann Wolfgang v. Goethe.
Venezianische Epigramme. 1794.

Man tut nichts und man fährt, man ruht sich aus und man schaut, man wird liebkost von dieser Bewegung, liebkost im Geist und im Fleisch, durchdrungen von einem plötzlichen und anhaltenden physischen Genuß und von einem tiefen Wohlbefinden der Seele.
Guy de Maupassant. 1890.

Die Damen sitzen mit ihren Herren drin, und sie haben es zehnmal bequemer, als wenn sie in den Kutschen gerüttelt würden. In Venedig sind keine Kutschen, alles wiegt sich in Gondeln, was nicht über die Brückentreppe auf und ab laufen will.
Johann Gottfried Herder. 1789.

Wer hätte nicht einen flüchtigen Schauder, eine geheime Scheu und Beklommenheit zu bekämpfen gehabt, wenn es zum ersten Male oder nach langer Entwöhnung galt, eine venezianische Gondel zu besteigen?
Thomas Mann. Der Tod in Venedig. 1911.

Ein vergoldetes Seepferdchen – passender Schmuck einer Touristengondel der höheren Preisklasse.

Kein Gefährt der Welt kann sich mit der Bequemlichkeit und Annehmlichkeit der Gondel messen. Sie ist ein langes, schmales Fahrzeug, fischförmig, fast wie ein Hai gestaltet. In der Mitte befindet sich ein niedriger verdeckter Kutschkasten – so könnte man es nennen –, und doppelt so lang als bei einem Viersitzer. Ein einziger Kutschschlag dient zum Eintritt. Dieses Räumchen ist wie unsere Kutschen nach drei Seiten offen, kann aber, wie man wünscht, durch Glasfenster oder mit schwarzem Tuch bespannte Holzrahmen geschlossen werden. Auf die Art ist es also ganz aussichtslos, den Insassen einer geschlossenen Gondel etwa erraten zu wollen. Hier ist man ganz wie in seinem Zimmer, kann lesen, schreiben, plaudern, sein Liebchen karessieren, trinken, essen und dabei in der ganzen Stadt umher seine Besuche machen.
CHARLES DE BROSSES. 1739.

Die Gondeln, die immer schwarz sind, wie denn das System der Gleichheit in Venedig vorzüglich bei äußern Dingen stattfindet, werden von Seeleuten gerudert, die weiß gekleidet sind, mit rosenfarbnen Gürteln. Dieser Kontrast hat etwas Auffallendes; als ob die festlichen Kleidungen dem Volke überlassen wären, während die Großen des Staates sich einer immerwährenden Trauer weihen.
MADAME DE STAËL. 1807.

Unter unserm Fenster war ein Geflüster, Gelächter, Rufe, Gesänge, ein ewiges Hin und Her, das erst um zwei Uhr morgens aufhörte. Die Gondoliere, die am Tage schlafen, während sie auf Fahrgäste warten, sind nachts wach wie die Katzen und halten ihre geheimen Zusammenkünfte, die darum nichts weniger als lärmend sind, unter dem Bogen einer Brücke oder auf den Stufen einer Landungsstelle.
THÉOPHILE GAUTIER. 1860.

Die klassische Ansicht der Lagunenstadt: Die Piazzetta mit Campanile und Dogenpalast, und im Vordergrund eine Gondel. Photographie von C. Naya. Um 1890.

Der schönste Salon Europas, dem als Decke zu dienen nur der Himmel würdig ist.
Napoleon Bonaparte. 1797.

Der wunderbare, von Säulenhallen und Palästen umgebene Platz entfaltet im Viereck seinen Säulenwald, seine korinthischen Kapitäle und seine Statuen, die ganze edle und mannigfache Ordnung seiner klassischen Form.
Hippolyte Taine. 1864.

Wer nicht sein Herz stärker klopfen fühlt, wenn er auf dem Markusplatz steht, der lasse sich begraben, denn er ist tot, unwiederbringlich tot.
Franz Grillparzer. 1819.

Der Platz ist mit großen Quadern gepflastert. Im Karneval soll man sich wegen der vielen Masken und Schaustellungen nicht darauf umdrehen können. Ich bin zu anderer Jahreszeit hier und finde, daß es schon jetzt zu jeder Stunde des Tages von ihnen wimmelt. Richterliche Talarträger, die Mäntel der Nobili, die Kaftane der Türken, Griechen, Dalmatiner und Levantiner aller Stämme, Männer und Weiber, die Schragen der Marktschreier und Taschenspieler, predigende Mönche und Marionetten, das alles steht und wirbelt allstündlich auf diesem Platz durcheinander und macht ihn im Verein mit der rechtwinkligen Ausbiegung, in die er sich bei der Chiesa di San Marco erweitert, zum schönsten und sonderbarsten Platz der Welt.
Charles de Brosses. 1739.

Markusplatz von zauberischem Eindruck.
Richard Wagner. 1858.

Blick aus den Arkaden des 1810 errichteten Napoleonflügels auf die Piazza San Marco, die Markuskirche und den Campanile.

(. . .) endlich durch einen dumpfen finsteren Schwibbogen hinaus auf den großen Platz, der dalag wie ein Freudensaal, mit dem Himmel als Decke, dessen Farbe unbeschreiblich war: denn es wölbte sich das nackte Blau und trug keine Wolke, aber die Luft war gesättigt von aufgelöstem Gold, und wie ein Niederschlag aus der Luft hing an den Palästen, die die Seiten des großen Platzes bilden, ein Hauch von Abendrot.
HUGO VON HOFMANNSTHAL. 1875–1929.

Auf dem weiten Platze bewegten sich nur wenige Menschen umher, aber vor dem bunten Wunderbau, dessen üppige und märchenhafte Umrisse und goldene Zierate sich in entzückender Klarheit von einem zarten, lichtblauen Himmel abhoben, flatterten in leichtem Seewind die Fahnen; gerade vor dem Hauptportal hatte sich um ein junges Mädchen, das Mais streute, ein ungeheures Rudel von Tauben versammelt, während immer mehr noch von allen Seiten herbeischossen . . . ein Augenblick von unvergleichlicher und festlicher Schönheit.
THOMAS MANN. 1896.

Ansichtskarte. Markusplatz in Venedig. Fräulein Lilly Käsebier an stud. jur. Max Krüger, Berlin.

Venezia, 15. Febbraio

Venedig ist wahnsinnig echt.

Lilly

LUDWIG THOMA. KÄSEBIERS ITALIENREISE. 1916.

Der Markusplatz nach Osten. Ganz rechts die Torre dell'Orologio (Uhrturm), daran anschließend die lange Front der Procurazie Vecchie (1514–32). Im Bildhintergrund der napoleonische Flügel der Prokuratien (1810), Sitz des Museo Correr. Links im Bild die Procurazie Nuove, erbaut 1582 von V. Scamozzi, fertiggestellt 1640 von B. Longhena.

Das Café Florian wurde im Jahre des Heils 1720 eröffnet. Es führte den Namen „Venezia Trionfante" – aber die Kraft der Dogenrepublik war schon lange gebrochen. Venedig war damals nur noch die liebenswürdigste und lustigste Stadt; es begann arm zu werden . . . Niemand nannte das Café nach seinem offiziellen Titel. „Andemo da Florian" (gehen wir zu Florian), sagte man einfach, wenn man sich hier zusammenfinden wollte. Der Begründer, Florian Franceschoni, hat sich mit seinem Einfall ohne viel Kopfzerbrechen unsterblich gemacht.
Wladimir von Hartlieb. 1927.

Die Leute, die an den Tischen der Cafés sitzen und die Walzer und Tangos der verschiedenen Orchester hören, die ihre Zeitungen in allen möglichen Sprachen entfalten, sich vorbeugen und ihre Postkarten schreiben, neue Filme in ihre Photoapparate spannen, in ihren Tassen rühren, die Strohhalme aus den Papierhüllen ziehen, in ihren Reiseführern blättern, ihre Lire zählen, sich gegenseitig beobachten, ein Schauspiel füreinander abgeben, einander über die Schultern blicken.
Michel Butor. 1966.

Ich sitze wieder in meinem geliebten Café Florian, d. h., um die Wahrheit zu sagen, in dem Café, das ich für das schönste und reizendste der Welt halte, und zwar auch im Winter, wenn es nicht möglich ist, draußen im Freien zu sitzen. Jedermann kennt die kleinen, zierlichen Räume, aus denen es besteht, diese Miniatursalons, die wie glänzend emaillierte Schachteln aussehen; sie erinnern mehr an „Tausend und eine Nacht" als an Boccaccio, aber Figuren wie Goldoni und Casanova passen ausgezeichnet hierher.
Wladimir von Hartlieb. 1927.

Wer die Räumlichkeiten des Café Florian am Markusplatz betritt, begibt sich auf eine Reise in die Vergangenheit. Da strömt das Kunstlicht aus Kristall-Lustern, wird reflektiert in der Spiegelfront eines Art-Déco-Kamins und erhellt die opulenten Gemälde, die jeden Quadratzoll der Wände bedecken.

Wenn ihr im Markusviertel landet, durch eine erstaunliche Menge von Fahrzeugen jeder Art hindurch, Kriegsschiffe, Handelsschiffe, Fregatten, Galeeren, Barken, Kleinsegler, Gondeln, setzt ihr den Fuß auf ein Ufer, das die Piazzetta genannt wird, wo man auf der einen Seite den Dogenpalast und den Dom sieht, die den Glanz der Republik verkünden, und auf der andern Seite den Markusplatz . . .
Carlo Goldoni. 1778.

Vom Markusplatz wanderten wir nach dem Giardino publico, welcher gleich einer zu ihm hinführenden, einen ehemaligen Kanal überwölbenden Straße, unter Napoleon angelegt worden ist. – In Wahrheit ist dieser Garten zwar kaum mehr als ein freier, am Meere gelegener Platz mit einigen Alleen und etwas Rasen, indes bei alledem dankenswerte Zugabe einer Wasserstadt. – Eben wollte hier durch ihr Grünwerden die Erde das grüne Meer übertreffen.
Carl Gustav Carus. 1828.

Der St. Markusplatz ist ganz von blauen Zelten umgeben, unter denen eine Menge Türken, Griechen und Armenier ruhen, und wird an einer Seite von der Kirche begrenzt, deren Äußeres mehr einer Moschee als einem Christentempel ähnlich ist; dieser Ort gibt uns einen Begriff von dem trägen Leben der Morgenländer, die ihre Tage in den Kaffeehäusern mit Sorbettrinken oder mit Rauchen von allerhand wohlriechenden Dingen verbringen.
Madame de Staël. 1807.

Der Markusplatz ist der übliche Treffpunkt aller ehrbaren Leute in Venedig. Hier halten die Nobili ihre Zusammenkünfte ab und verlassen ihn nur zum Schlafen, sie verbringen ihr Leben mit dem Spiel in Kaffeehäusern oder in Barbierstuben.
Karl-Ludwig Freiherr von Pöllnitz. 1735.

Seit Jahrhunderten ist der Markusplatz Zentrum des venezianischen Lebens. Dogenpalast, Libreria, Campanile und Markusdom begrenzen ihn auf der einen Seite, an drei Seiten wird er von Arkadengängen umgeben, unter denen sich zahlreiche Cafés und Geschäfte befinden.

Heute habe ich abermals meinen Begriff von Venedig erweitert, indem ich mir den Plan verschaffte. Als ich ihn einigermaßen studiert, bestieg ich den Markusturm, wo sich dem Auge ein einziges Schauspiel darstellt.
JOHANN WOLFGANG V. GOETHE. 1786.

Auf zwanzig Schritt, nackt und grade wie ein Schiffsmast, strebt der gigantische Campanile in den Himmel und verkündet den Seefahrern von weitem das alte Reich Venedigs.
HIPPOLYTE TAINE. 1864.

Ausgrabungen, die man im Juli 1885 am Kampanile vornahm, haben uns das System seiner typischen Fundamentierung klargelegt. Sie reicht nur fünf Meter (beiläufig ein Zwanzigstel der Turmhöhe) unter das heutige Pflaster der Piazza hinab – das alte Ziegelpflaster des 15. Jahrhunderts liegt noch einen Meter tiefer. Auf diesen anscheinend schwachen Grundfesten erhebt sich, seit Jahrhunderten unerschüttert, die ganze gewaltige Last des Turmkörpers, die man auf etwa zehn Millionen Kilogramm berechnet. Und doch ist der Riese fast der einzige, der ganz stark und gerade stehengeblieben ist.
JULIUS V. SCHLOSSER. 1898.

Der große Glockenturm, der Campanile von San Marco, der sich so stolz über der herrlichen Stadt erhob und jahrhundertelang das erste Bauwerk war, das die Besucher – ob sie vom Land oder vom Meer her kamen – erblickten, ist zusammengebrochen. Am Samstag zeigte sich ein Riß in der Nordseite; jede Volksansammlung in der Nähe des Turms wurde verboten, und es wurde bekanntgegeben, daß mit den nötigen Reparaturen ohne Verzug begonnen werden würde. Doch gestern morgen stürzte auf einmal die ganze gigantische Masse ein. Die Grundfesten hatten nachgegeben, und das Gebäude fiel in sich selbst zusammen.
„THE TIMES", LONDON. 15. JULI 1902.

Der freistehende, 96,80 m hohe Campanile stürzte 1902 ein und wurde 1912 wieder aufgebaut. Er bietet einen überwältigenden Blick auf Stadt und Lagune.

Und die Markuskirche? Nun, die ist allerdings ein prächtiges Beispiel barbarischer Architektur.
Herbert Spencer. 1880.

... erhebt sich, halb gotisch, halb byzantinisch, die Basilika unter ihren zwiebelförmigen Kuppeln und spitzen Türmchen, mit ihren gestaltenverzierten Säulengängen, ihren säulenbesetzten Vorhallen, ihren mosaikgeschmückten Wölbungen, ihrem mit buntem Marmor eingelegten Pflaster und ihren funkelnden Goldkuppeln; es ist ein seltsames, geheimnisvolles Heiligtum, eine Art christlicher Moschee, an der die Lichtströme im rötlichen Schatten flackern wie die Flügel eines Engels in einer unterirdischen Halle aus Purpur und Erz.
Hippolyte Taine. 1864.

Ein grandioses Traumgebäude von unermeßlichen Verhältnissen; golden von altertümlicher Mosaik; von Wohlgerüchen durchduftet; von wirbelndem Weihrauch nebelhaft dämmernd; mit kostbaren Steinen und Metallen reich geschmückt und glitzernd durch eiserne Gitter; geweiht durch die Leiber hingeschiedener Heiligen; regenbogenfarbig erleuchtet durch Fenster bemalten Glases; dunkel durch Schnitzwerk und farbigen Marmor; schattig in seinen weiten Höhen und gedehnten Fernen, schimmernd von Silberlampen und blinkenden Lichtern; geisterhaft, phantastisch, feierlich, unbegreiflich überall.
Charles Dickens. 1844.

... endlich, wie in Ekstase, lösen sich die Kämme der Kuppeln in marmornen Gischt auf, und schleudern sich weit in den blauen Himmel hinauf, in strahlenden Bögen gemeißelten Schaums ...
John Ruskin. 1877.

Die Markuskirche, 829 begonnen, im 11. Jh. neu errichtet in romanisch-byzantinischem Mischstil, ist das bedeutendste sakrale Bauwerk Venedigs.

... die vier Bronzepferde über dem Mittelportal, die einzige noch existierende antike Quadriga ...
MICHEL BUTOR. 1966.

Außen über dem Haupteingang stehen die vier bronzenen vergoldeten Rosse, die einst Venedig von der Eroberung Konstantinopels mitbrachte, als ungebändigte, die nur ein venezianischer Doge zähmen konnte; später hat aber der korsikanische Korporal sie zugeritten, und jetzt sind sie so zahm, daß sie sogar Kaiser Franz nicht abwerfen.
ERWIN SPECKTER. 1830.

Alte Pferde, diese kostbaren Thiere stehen hier, wie Schaafe, die ihren Hirten verlohren haben. Wie sie näher zusammen auf einem würdigeren Gebäude, vor einem Triumphwagen eines Weltbeherrschers standen, mag es ein edler Anblick gewesen seyn. Doch Gott sey Danck, daß der kristliche Eifer sie nicht umgeschmolzen und Leuchter und Cruzifixe draus gießen lassen. Mögen sie doch zu Ehren des Heil. Markus hierstehn, da wie sie dem Heil. Markus schuldig sind.
Die Pferde auf der Markuskirche in der Nähe. Treffliche Gestalten! Ich hatte von unten auf leicht bemerckt, daß sie fleckig waren, theils einen schönen gelben Metallglanz hatten, theils kupfergrünlich anlaufen. In der Nähe sieht und erfährt man, daß sie ganz verguldet waren und sieht sie über und über mit Striemen bedeckt, da die Barbaren das Gold nicht abfeilen, sondern abhauen wollten. Auch das ist gut so, so ist wenigstens die Gestalt geblieben. Ein herrlicher Zug Pferde! Ich möchte einen rechten Pferdekenner darüber reden hören. Was mir sonderbar scheint, ist, daß sie in der Nähe schwer, und unten vom Platz aus leicht wie Hirsche aussehen.
JOHANN WOLFGANG V. GOETHE. 1786.

Über dem Hauptportal stehen die vier Bronzepferde, die einzige Quadriga aus antiker Zeit. Sie wurden aus Konstantinopel vom Dogen Enrico Dandolo „mitgenommen" (1204).

Mir war, als hätte ich den Dom betreten und unter seinen Wölbungen von einem Ende bis zum anderen ihn durchstreift. Traumhaft der Bau in seiner Herrlichkeit, immens in seinen Proportionen; goldglänzend mit uralten Mosaiken; duftend von Wohlgeruch im Dämmerlicht der Weihrauchschwaden; überreich an Schätzen von edlen Steinen und Metallen hinter starken Eisengittern; geweiht durch Überreste von so manchem Heiligen; Sonnenstreifen, getönt in Regenbogenfarben durch die glasgemalten Fenster; dunkel von Schnitzwerk und von buntem Marmor; verschwommen in den großen Höhen und den weiten Tiefen; funkelnd von Silberlampen und von Kerzenflimmer; unwirklich, märchenhaft, solenn und einfach nicht zu fassen.
Charles Dickens. 1844.

Ich schwimme in einem Traum aus Gold. Ich bin gefangen in Netzen aus Gold, ich stehe auf Gold, ich tauche unter in Gold. Ein Geruch von Gold berührt mich. Ich habe das Gold unter den Füßen. Ich habe Gold auf dem Kopfe. Die tiefen und fernen Fenster sind goldene Filter; und das Gold dringt wie eine ganz feine Welle zwischen die Pfeiler, umspielt jeden. Wer wäre nicht bewegt, auf roten Fliesen zu schreiten, die gekrümmt, aufgebläht, bucklig sind, als vermählten sie sich der unterirdischen Welle, die sie trägt? Die Grundpfähle von San Marco müssen aus Gold sein, Wälder aus goldenen Barren in die Lagune gepflanzt.
André Suarès. 1914.

Blick in das Innere der Markuskirche. Der erhöhte Chor wird von marmornen Schranken (Ikonostasen) mit Statuenbekrönung der Delle Masegne (1394) abgeschlossen.

Die Gruppe der sich umarmenden Krieger, wohl auch aus Syrien, wahrscheinlich dem 4. Jahrhundert angehörend und Mitte des 13. Jahrhunderts hierher gebracht, gibt den Wissenschaftlern Rätsel auf: wer waren sie, die diese Kronen trugen? Die Südfassade der Markuskirche, an deren Ecke diese gekrönten Krieger stehen, bietet überhaupt das ungenierteste Sammelsurium aus Ost und West und Süd zusammengestohlener Kunstwerke, das wohl je gezeigt worden ist.
Das Gestohlene findet innen in der Kirche seine Fortsetzung; aber man darf ja nicht vergessen, daß der Heilige, dem diese Kirche geweiht ist, auch nicht auf allzu legale Weise in den Besitz der erhabenen Republik gekommen ist: 50 Zechinen sind kein angemessener Preis für einen Evangelisten.
Marianne Langewiesche. 1962.

Die Tetrarchen-Gruppe an der südlichen Außenwand der Markuskirche, bekannt als die „Mohren“, stellt vier sarazenische Kaiser aus der Zeit Diokletians dar. Ägyptisch, 4. Jh.

Ich habe viele schöne Paläste gesehen, beginnend mit dem Palazzo, in dem der Doge wohnt und dessen Fassade zum Teil erneuert wurde unter großem Aufwand von Gold; eine neue Treppe wird gerade angelegt, es wird ein großartiges Bauwerk und kostet sehr viel Geld.
Pietro Canale. 1494.

Wie ein einzigartiger Diamant in der Mitte eines Schmuckstükkes drückt der Palazzo Ducale alles übrige in den Hintergrund. Eine derartige Baukunst hat man sonst noch nirgends gesehen, alles daran ist neu, man fühlt sich vom Hergebrachten erlöst, man begreift, daß es jenseits der klassischen und gotischen Formen eine ganze Welt gibt, daß die menschliche Erfindung ohne Grenzen ist, daß sie gleich der Natur alle Regeln vergewaltigen und ein vollkommenes Werk nach einem Modell hervorbringen kann, welches allen denen widerspricht, an die man ihr sich zu halten rät.
Hippolyte Taine. 1864.

Die Plumpheit der Bögen der unteren Arkaden des Dogenpalastes und die Plumpheit der Fenster in der Mauer darüber ... das sinnlose Damastmuster, das diese ganze Mauer bedeckt und eher an ein Gewebe als an ein Gebäude denken läßt; und die endlose Reihe von Ornamenten und Stacheln, die auf der Dachkante stehen und in erster Linie an Fischgräten erinnern.
Herbert Spencer. 1880.

Ein merkwürdiges Prachtstück ist der Dogenpalast, der aber schon in seinem Äußern deutlich ausdrückt, daß ein Doge von Venedig kein seinen Launen und Vergnügungen raumgebendürfender Fürst, sondern der oberste Beamte einer finsteren, strengen Republik war, die ihm diese Säle nur zur Verfügung stellte, wie etwa eine andere Stadt ihrem Bürgermeister den dritten Stock ihres Ratshauses als Dienstwohnung ...
Joseph Victor von Scheffel. 1855.

Der Dogenpalast (14.–15. Jh.), einst Residenz der Dogen und Sitz der Regierung in der alten Republik, ist das schönste Beispiel venezianischer Gotik. Zwei prächtige Balkone (frühes 15. und 16. Jh.) unterbrechen die Abfolge der Spitzbogenfenster im oberen Teil.

Oben an der Gigantentreppe, wo Marino Falieri enthauptet worden war und wo man in alten Zeiten die Dogen krönte . . .
Mark Twain. 1867.

Ich kannte Marin Falier seit langem, aber in einem Punkt täuschte ich mich: er hatte mehr Temperament als Einsicht. . . . Die Venezianer haben diesen Mann, ihren Dogen – einen in allen Epochen unantastbaren Beamten, den man hier in alter Zeit fast wie einen Gott verehrte – diesen Mann haben die Venezianer vor wenigen Tagen im Vorhof seines Palastes enthauptet. . . . Dorthin schleppte man ihn unter dem Zulauf der Adeligen, man riß ihm die Zeichen der Dogenwürde vom Leib, dort wurde er enthauptet und besudelte mit seinem Blut das Portal der Kirche, den Palasteingang und die Marmortreppe. (. . .) Den Dogen, die nach ihm kommen werden, sage ich: Sie sollen das wie einen Spiegel vor Augen haben, in dem sie sehen, daß die Dogen nicht Herren, ja nicht einmal Führer, sondern hochgestellte Sklaven der Republik sind.
Francesco Petrarca. 1304–1374.

Prachtvoll gewandet, glänzend behaust, von Scharen unterwürfiger Diener umsorgt, und doch machtlos, namenlos, ungeliebt, war der Doge ein Gefangener des Staates. Die Venezianer entwickelten das erste System der konstitutionellen Monarchie.
Hugh Honour. 1966.

Die Republik hat ein Oberhaupt, wie Genua. Es trägt dasselbe Diadem, nur hat es mehr die Form einer Krone. Das sind arme Schlucker, diese Fürsten! Die Republik beherbergt, nährt und kleidet den Serenissime. Er ist ein Pensionär des Staates, der ihm die nötigen Existenzmittel gewährt.
Reisebericht eines angeblichen Chinesen. 1769.

Die monumentale Scala dei Giganti im Hof des Dogenpalastes stammt von A. Rizzo. Ihren Namen erhielt sie von den beiden Skulpturen des Merkur und Neptun von J. Sansovino (1566). Unter der Figur des Löwen fand die Krönungszeremonie des Dogen statt.

Wir mühen uns durch die gigantischen Säle des Dogenpalastes hindurch, unter den Schlachtengemälden, den fleischigen Nymphen und parabolischen Panoramen – Triumphierendes Venedig, Venedig mit Zepter, Venedig bei der Verteilung von Ehren, Venedig bei der Entgegennahme von Neptuns Dreizack; Venedig bricht seine Ketten, Venedig erhält Gaben von Juno, Venedig als Herrscherin der Welt, die eroberten Städte bringen Venedig ihre Gaben dar, Venedig empfängt die Krone zum Zeichen seiner Macht; Die Apotheose Venedigs, Die Siege Venedigs über die Franken, Griechen, Sizilianer, Türken, Albanier, Genuesen und Paduaner – und weiter zur Seufzerbrücke, zu Tizians bezauberndem Christophorus, zur Rüstkammer, den gräßlichen Verliesen – ein geschwollener, überladener Alpdruckpalast, rosenfarben außen, ominös innen.
James Morris. 1960.

Im Senatssaal der altehrwürdigen Republik ermüdeten wir unsere Augen mit der Betrachtung vieler Quadratmeter historischer Gemälde von Tintoretto und Paolo Veronese, aber nichts zog uns zwingend in seinen Bann, außer der einen Sache, die alle Fremden stark berührt – ein schwarzes Viereck inmitten einer Galerie von Porträts. In einer langen Reihe rund um die große Halle hingen die gemalten Bildnisse der Dogen von Venedig (ehrwürdige Burschen mit wallenden weißen Bärten, denn von dreihundert Senatoren, die für das Amt wählbar waren, wurde gewöhnlich der älteste zum Dogen gewählt), und jedem war eine schmeichelhafte Inschrift beigefügt – bis man an die Stelle kam, an der das Bild von Marino Falieri hätte hängen müssen, die aber leer und schwarz war – leer mit Ausnahme einer kurzen Inschrift, die besagte, daß der Verschwörer für sein Verbrechen den Tod erlitten habe. Es schien uns grausam, diese unbarmherzige Inschrift noch immer von den Wänden herabstarren zu lassen, wo der unglückliche Teufel schon seit fünfhundert Jahren im Grabe lag.
Mark Twain. 1867.

Sala del Senato. Als der Saal 1574 vom großen Brand zerstört worden war, restaurierte ihn A. de Ponte vollständig. Die berühmtesten Künstler der Zeit, u. a. Tintoretto, arbeiteten an der Ausschmückung des Saals. Der prachtvolle Plafond geht auf einen Entwurf von C. Sorte zurück (1581).

Als der Ponte dei sospiri über mir schwebte, über den die Staatsverbrecher einst aus dem Gefängnis zum Tode geführt wurden, da überfiel es mich mit Fieberschauer.
All die Gewesenen und all die Verblichenen, all die Verfolger und Verfolgten, Mörder und Gemordete schienen aufzusteigen vor mir mit verhüllten Häuptern. Auf dieser Brücke ging so mancher dem Tode entgegen, und dort erwarteten sie Henker und Richter, die Menschenleiden nicht beben machte und ein Mord nicht zittern.
Franz Grillparzer. 1819.

Der Messergrande übergab mich nun dem Aufseher über die Bleikammern. Dieser führte mich, gefolgt von zwei Bütteln, über zwei kleine Treppen, durch eine Galerie, dann durch eine andere, die durch eine verschlossene Tür von der ersten getrennt war, dann noch durch eine weitere, an deren Ende er mit einem anderen Schlüssel wieder eine Tür aufsperrte; durch diese betrat ich einen großen, häßlichen und schmutzigen Dachboden, sechs Klafter lang und zwei Klafter breit, der durch eine vorgebaute Dachluke spärlich erleuchtet wurde. Mein Kerkermeister schloß eine dicke, eisenbeschlagene Tür von dreieinhalb Fuß Höhe auf, die in der Mitte ein rundes Loch von acht Zoll Durchmesser hatte, und befahl mir hineinzugehen . . . Da ich fünf Fuß neun Zoll groß bin, mußte ich mich tief bücken, um hineinzugehen; er schloß mich ein.
Giacomo Casanova. 1756.

Wenn ein Staatsverbrecher verurteilt ward, so holte ihn bei Nacht eine Barke ab; aus einer kleinen Tür, die auf den Kanal hinausging, kam er heraus, wurde in eine Entfernung von der Stadt gebracht und an einer Stelle der Lagunen ertränkt, wo es verboten war zu fischen. Entsetzlicher Gedanke, wo das Geheimnis noch jenseits des Todes hinausreicht, und dem Unglücklichen nicht einmal die Hoffnung läßt, daß sein Leichnam wenigstens seinen Freunden verkünden werde, daß er gelitten hat und nicht mehr ist!
Madame de Staël. 1807.

Ponte dei Sospiri (Seufzerbrücke). Bevor die Gefangenen in das Gefängnis und der Staatsinquistition vorgeführt wurden, überschritten sie diese Brücke von A. Contino.

Der Kanal wendet sich, und man erblickt, wie sich aus dem Wasser gleich einem reichen Meeresgewächs, gleich einer strahlenden seltsamen weißen Koralle die Santa Maria della Salute mit ihren Kuppeln erhebt, mit ihren Anhäufungen von Skulpturen, mit ihrem statuenbesetzten Giebel.
HIPPOLYTE TAINE. 1864.

S. Maria della Salute, am Canal Grande. Eines der frühesten Bauwerke der grotesken Renaissance, ausdrucksvoll durch seine Lage, seine Größe und allgemeinen Verhältnisse. Diese letzteren sind besonders gut, und hängt die Anmut des ganzen Gebäudes hauptsächlich von der verschiedenen Größe der beiden Kuppeln und der hübschen Gruppierung der beiden Campanile dahinter ab. Die Kirche della Salute ist ferner ausgezeichnet durch eine sehr schöne Treppe, die an der Frontseite zum Kanal hinunter führt; und ihre Fassade ist in ihrer Art prachtvoll und wurde von Turner zum Hauptgegenstand bei seinem wohlbekannten Bilde vom Canal Grande gewählt. Die Hauptfehler des Gebäudes bestehen in den dürftigen Fenstern an den Seiten der Kuppel und der lächerlichen Verhüllung der Strebepfeiler unter der Form von kolossalen Spiralen; auch sind die Strebepfeiler an sich eine Heuchelei, denn da die Kuppel, wie Lazari konstatiert, aus Holz besteht, so braucht sie keine.
JOHN RUSKIN. 1877.

Die Kirche Santa Maria della Salute ist ein Meisterwerk der venezianischen Barockbaukunst, von B. Longhino (1631–81) errichtet.

Es sind auch jene Kirchen sehr zu loben, die in Kreuzform angelegt sind. Sie haben ihren Eingang in dem Teil, der den Fuß des Kreuzes ausmacht. Dem gegenüber liegen Hauptaltar und Chor. Und in den zwei Querschiffen, die sich beiderseits wie Arme erstrecken, gibt es zwei zusätzliche Eingänge oder zwei weitere Altäre. Da dieses Gebäude in der Form eines Kreuzes errichtet ist, stellt es den Betrachtenden jenes Holz vor Augen, in dem das Geheimnis unseres Heils begründet liegt. In dieser Gestalt habe ich die Kirche von S. Giorgio Maggiore in Venedig errichtet.
Andrea Palladio. 1570.

Nichts ist kühler, weißer und streng-ehrerbietiger als Palladios Kirche San Giorgio Maggiore, die mit solch weltlichem Selbstbewußtsein inmitten ihres Landvolks von Klostergebäuden dasteht. Jemand hat einmal diese Gruppe von Bauwerken als „alles in allem ein voller Erfolg" definiert; sie erweckt auch tatsächlich das Gefühl hoher Vollendung gleich einem Maschinenteil, das lautlos in die ihm bestimmten Nuten greift, oder einem Flugzeug von untadeliger Linienführung. Die Proportionen sind vollkommen, die Szenerie ist erhaben, und von der Spitze des Campanile aus genießt man die beste Aussicht in Venedig.
James Morris. 1960.

Die Insel San Giorgio Maggiore mit der gleichnamigen Kirche im Abendlicht.

Im Jahre des Herrn, 1576, wurde Venedig von einer schrecklichen Pestilenz heimgesucht, der wenigstens hunderttausend Menschen zum Opfer fielen. Endlich sah Gott in seiner Barmherzigkeit vom Himmel herab und gebot der Plage plötzlichen Einhalt. Woraufhin der Senat, um Gott für die Befreiung von einer so großen Seuche zu danken, das Gelübde ablegte, eine schöne Kirche zu bauen und sie Christus dem Erlöser zu weihen und ihn dort alljährlich an dem Tage, an dem die Pest plötzlich aufgehört hatte, mit besonderen Feierlichkeiten zu ehren. Dieser Schwur wurde erfüllt, und man erbaute im Süden der Stadt, jenseits des Wassers, an einem Ort, den man die Giudecca nennt, weil hier früher die Juden wohnten, eine prächtige Kirche.
Thomas Coryate. 1608.

Auf der Giudecca ist es, wo möglich, noch ärmlicher als in der Stadt . . . Die Erlöserkirche ist daselbst die beste, und ihre Kapuziner sind die einzigen, die in Venedig noch etwas schöne Natur genießen. Die Kirche ist mit Orangerie besetzt, und sie haben bei ihrem Kloster, nach der See hinaus, einen sehr schönen Weingarten. Diese, nebst einigen Oleastern in der Gegend des Zeughauses, sind die einzigen Bäume, die ich in Venedig gesehen habe.
Johann Gottfried Seume. 1802.

Ein merkwürdiges Beispiel von der Macht der Kunst, denn obwohl sie nicht unter die reichen und kostbaren Kirchen zu rechnen und nicht üppig mit Gold oder Marmor ausgestattet ist, übten doch die Einfachheit und Eleganz ihres Aufbaues einen wunderbaren Eindruck auf uns aus, als wir eintraten.
Samuel Sharp. 1767.

Ein großes schönes Werk, die Fassade lobenswürdiger als die von San Giorgio. Inwendig ist Il Redentore gleichfalls köstlich, alles, auch die Zeichnung der Altäre, von Palladio.
Johann Wolfgang v. Goethe. 1786.

Zwei Welten begegnen sich auf dieser historischen Photographie: in der Bildmitte das Mastengewirr der stolzen Segelschiffe, ganz im Vordergrund die kargen Konturen eines Raddampfers an der Riva degli Schiavoni. Im Hintergrund die Kirche Il Redentore auf der Giudecca.

In der Akademie der schönen Künste strahlt der Farbenglanz der alten venetianischen Meister in unvergänglicher Glut und in so gleichmäßig weicher Harmonie, daß es einen schier bedünken möchte, als wären die Pinsel aller jener, die im 16. Jahrhundert zu Venedig das Reich der Farbe beherrschten, mit einem besonderen Zauber gefeit gewesen; von dem ernst einfachen Giovanni Bellini bis zu dem glutsprühenden Tizian, dem graziös sicheren Paris Bordone und dem anmutig kecken, lebenstreuen Paul Veronese . . .
Erwin Speckter. 1830.

Die Meisterwerke der venezianischen Maler sind aus Kirchen und Klöstern in der Akademie vereinigt. Von dieser Herrlichkeit der Farbenkunst kann man sich nun an keinem Ort der Welt einen Begriff machen. Bei meinem ersten Besuch war ich in einem wahren Taumel.
Wie kann man sich von dieser Schule aus den dürftigen Proben, die auswärts zerstreut sind, einen Begriff machen!
Carl Justi. 1868.

Keine Kunstgalerie Europas ist überschäumender als die Accademia, die reine Essenz venezianischer Kultur. Es gibt andernorts bessere Gemäldesammlungen, großartigere Tizians, schönere Bellinis, zahlreichere Guardis, Canalettos und Giorgiones. Aber der Ruhm der Accademia besteht darin, daß all diese wunderbare Vielfalt von Schönheit und Geschmack, die vom Spielzeugkleinen bis zum Überdimensionalen reicht, inspiriert wurde durch die kleine Stadt, die sich um einen her erstreckt, von den kristallklaren Cimas und den drolligen Carpaccios bis zu Tintoretto und zu Veroneses kolossalem Gastmahl bei Levi, das für meine Begriffe das faszinierendste Bild von allen ist. Man steht mitten im Malkasten. Man sieht Tizians Ateliers vom Fenster des Gebäudes aus, und Veroneses Haus liegt nur zweihundert Meter entfernt jenseits des Canal Grande.
James Morris. 1960.

Die Accademia delle Belle Arti beherbergt die größte Sammlung venezianischer Malerei des 14. bis 18. Jh. Sie ist im oberen Stockwerk der profanierten gotischen Kirche, des palladianischen Klosters und der Scuola de S. Maria delle Carita untergebracht.

Ich glaube nicht, daß es auf der ganzen Welt eine herrlichere Bildhauerarbeit gibt.
John Ruskin. 1879.

Dieses Denkmal, das leider den Blick auf die kostbare Fassade der Scuola di San Marco auf dem Platz SS. Giovanni e Paolo verstellt, ist ein Unikum. Hier, wo der einzelne hinter dem Staat zurücktreten mußte und es auch tat, wäre ein Denkmal, das einen einzelnen würdigte, undenkbar gewesen. Colleoni aber war kein Venezianer, sondern stammte wie viele, die mitgeholfen hatten, der Stadt und dem Staat Glanz zu verleihen, aus Bergamo (1400 bis 1475). Er übte den damals sehr gebräuchlichen Beruf aus, sich und seine auf ihn verschworenen Soldaten in den Dienst desjenigen Staates zu stellen, der am meisten zahlte; das war Venedig, und Colleoni half der Republik, ihr Landreich zu vergrößern.
„Geben Sie nie wieder einem Mann so viel Macht wie mir", warnte er auf seinem Totenbett. Er starb und vermachte Venedig sein bedeutendes Vermögen, unter der Bedingung, daß er vor San Marco ein Denkmal bekäme. Natürlich dachte er an die Kirche, aber Venedig zog es vor, an die Scuola di San Marco zu denken. Im Wettbewerb der bedeutendsten italienischen Bildhauer siegte Verocchio und schuf im „Colleoni" seine letzte Arbeit.
Marianne Langewiesche. 1962.

Der Campo Ss. Giovanni e Paolo, nach der Piazza San Marco der monumentalste Platz der Stadt, wird von der Kirche Ss. Zanipolo und der Scuola S. Marco umschlossen. Im Zentrum steht das Reiterstandbild des Bartolomeo Colleoni von A. del Verrocchio (1488).

In Venedig wie auch sonst interessiert das Schauspiel sehr wenig; man beschäftigt sich viel mehr mit den Vorgängen in den Logen als mit dem Geschehen auf der Bühne.
Abbé Richard. 1766.

Es war eine Oper von Donizetti angekündigt . . . Es war 9 Uhr abends; denn um diese Zeit erst geht hier das Theater an. Das Haus ist im Innern groß und geräumig und gut dekoriert . . . Als nun die Ouvertüre begann, welch ein ohrenzerreißendes Charivari mußten wir hören! Kein Instrument stimmte zum andern, und vom Takt wußten die guten Leute gar nichts. Eben so schlecht waren die Sänger und Sängerinnen; und von der Kunst der Darstellung hatte man keine Ahnung. Wir litten unbeschreiblich . . .
Gustav Nicolai. 1834.

Auch den Truffaldin in der Comoedie müßt Ihr besuchen und Euch nicht über ihn skandalisieren. Er hat uns herzlich lachen gemacht; es ist, glaube ich, das unschuldigste aller Schauspiele. Hätten wir unsere Harlequins noch, so wären unsere Sitten weniger verderbt.
Friedrich Leopold Graf zu Stolberg. 1792.

Noch hundert Schritte vom Teatro Fenice ist die Operlust vernehmbar, welche dort stattfindet im Liebesduett, und nirgends findet sie ungestörter ihre Umwelt, ihren Widerhall; so ruhig ist die durch und durch bewohnte Stadt, so sehr läßt sie der Musik Raum.
Ernst Bloch. 1964.

Das Teatro La Fenice (1792) steht auf dem Campo S. Fantin. Es wurde kürzlich restauriert.

Das Denkmal Goldonis, auf einem kleinen Platz, im Innern der Stadt, macht einen gesunden, lebendigen und sehr drolligen Eindruck. Wie der Mann da stockschwingend spazierengeht, bezopft, im Dreispitz: keck, launig, lachend, und am geschwungenen Röckchen die Spuren der Zudringlichkeit vieler Hundert venezianischer Tauben, gehört er unter das Volk, das ihn rauchend und schwatzend in Alltagstracht umgibt.
Gerhart Hauptmann. 1897.

Meine Helden waren Menschen und nicht Halbgötter, sie äußerten ihre Leidenschaften, so wie wir es im Leben beobachten können, und zeichneten sich nicht durch Tugenden und Fehler aus, die allein in der Phantasie existieren.
Carlo Goldoni. 1778.

Nun endlich kann ich denn auch sagen, daß ich eine Komödie gesehen habe! Sie spielten heute auf dem Theater St. Lukas: le Barbuffe Chiozzotte ‚Die Rauf- und Schreihändel von Chiozzia'. Das Stück ist noch von Goldoni. So eine Lust habe ich noch nie erlebt, als das Volk laut werden ließ, sich und die seinigen so natürlich vorstellen zu sehen. Ein Gelächter und Gejauchze von Anfang bis Ende.
Johann Wolfgang v. Goethe. 1786.

Bisweilen gerate ich in Versuchung, mich als eine Art von Phänomen zu betrachten, ohne Überlegung habe ich mich dem komischen Genius überlassen. Doch müßte ich lügen, wenn ich sagen wollte, es täte mir leid. Vielleicht würde ich sonst ein bequemeres Auskommen gehabt haben, aber schwerlich hätte ich vergnügter gelebt.
Carlo Goldoni. 1778.

Das Denkmal Carlo Goldonis von A. dal Zotto (1883) auf dem Campo S. Bartolomeo.

Am Morgen des Himmelfahrtstages stieg ich in eine Barke, um dem Fest beizuwohnen, das alljährlich an diesem Tag feierlich begangen wird. Ich sah den mit Seide geschmückten, das heißt mit karmesinroten Seidenstoffen bedeckten Bucintoro. Zwanzig Ruderer, auf zehn Bänken verteilt, bewegten ihn vorwärts. In diesem Bucintoro saß der Doge, ein 70jähriger Greis, groß und schön von Gestalt, in karmesin und goldgestreifte Gewänder gekleidet. Sein Gewand war so lang, daß zwei Schildknappen es tragen mußten. Sein Haupt deckte ein rotes Barett mit Goldverbrämung. Um die 15. Stunde vermählte sich der Doge mit dem Meer, indem er einen Ring von 6 Dukaten hineinwarf.
MAILÄNDISCHER BOTSCHAFTER. 15. JH.

Dieses einzigartige Schauspiel ist edel und großartig. Der feierliche Gang des Bucintoro und der ihn begleitenden Galeeren, der Schall der Kanonen, der Glocken, der Hörner, der Trompeten, der durchdringende Schall der Pfeifen auf den Galeeren, die Rufe der Gondelführer, das dumpfe Brausen der Zuschauermenge, das trotz der großen Entfernung zu hören ist: alles das ergibt ein Schauspiel, das verdient, gesehen zu werden, und wovon die genaueste Beschreibung kaum eine Vorstellung zu geben vermag.
ABBÉ RICHARD. 1766.

Dieses Prunkschiff ist ein rechtes Inventarienstück, woran man sehen kann, was die Venetianer waren und sich zu sein dünkten. Das Schiff ist ganz Zierat, also darf man nicht sagen: mit Zierat überladen; ganz verguldetes Schnitzwerk, sonst zu keinem Gebrauch, eine wahre Monstranz, um dem Volke seine Häupter recht herrlich zu zeigen. Wissen wir doch: das Volk, wie es gern seine Hüte schmückt, will auch seine Obern prächtig und geputzt sehen.
JOHANN WOLFGANG V. GOETHE. 1786.

Prachtgondel einer Regatta auf dem Canal Grande, die alljährlich zum Himmelfahrtstag stattfindet.

Vor dem Tor des Arsenals hält ein riesiger Löwe Wache, der einst den Hafen Piräus bei Athen schmückte und dem in unbekannter Zeit nordische Seefahrer eine Runenschrift auf seinen Marmorrücken geschrieben. So fahren die Kunstwerke in der weiten Welt herum.
Joseph Victor von Scheffel. 1855.

Die Löwen am Eingang zum Arsenal:
Der eine sitzt aufgerichtet, auf die Vorderpfoten gestemmt, der andere liegt, herrliche Gegenbilder von lebendiger Mannigfaltigkeit. Sie sind so groß, daß sie alles umher klein machen, und das man selbst zunichte würde, wenn erhabene Gegenstände uns nicht erhöben.
Johann Wolfgang v. Goethe. 1786.

Ich glitt auf einer der Barken davon, bis wir an ein altes Arsenal kamen, das vier Marmorlöwen bewachten. Um meinen Traum noch wunderbarer und unglaublicher zu machen, waren einem von ihnen Worte und Sprüche auf den Leib geschrieben, aus unbekannter Zeit, in unbekannter Sprache, so daß ihr Inhalt für alle Menschen ein Geheimnis war.
Noch war eine Rüstkammer da. Geplündert und beraubt; aber dennoch eine Rüstkammer. Eine stolze Standarte, den Türken abgenommen, in der Kerkerluft ihres Käfigs hängend. Reihen reicher Rüstungen, von großen Kriegern getragen, waren aufgehäuft; Armbrüste und Bolzen; Köcher, mit Pfeilen gefüllt; Speere; Schwerter, Dolche, Keulen, Schilde und schwere Streitäxte. Panzer aus Stahl und Eisen, um das tapfere Roß zu einem in Metallschuppen gehüllten Ungeheuer zu machen; und eine mit einer Springfeder versehene Waffe, die man leicht unter der Brustbedeckung bergen konnte, bestimmt, ihren Dienst geräuschlos zu tun, zum Schuß mit vergifteten Pfeilen.
Charles Dickens. 1844.

Altes Handelsschiff im Arsenal, dessen Anlage aus dem 12. Jh. stammt. Sehenswert sind unter anderem die Gaggiondre, Werftbaracken aus dem 16. Jh., erbaut von L. Sansovino.

Die Venezianer sind ernst in ihrer Heiterkeit und heiter in ihrem Ernst. Sie suchen nichts und brauchen nichts, weil sie alles haben. Mehr denn zwanzig Bilder habe ich hier schon gesehen: dunkle Madonnen, in schöner Architektur sitzend, umgeben von ernsten Männern und schönen Frauen in heiliger Unterredung.
Anselm Feuerbach. 1855.

Schöne Männer, keine einzige vertrackte Gestalt, mehrere groß mit großen Köpfen, vorgebaute Gesichter, klug, ohne Anstrengung, ruhig, ihrer selbst gewiß, Leichtigkeit des Daseins und durchaus eine gewisse Fröhlichkeit.
Johann Wolfgang v. Goethe. 1786.

Die italienische Gebärde ist wunderbar ausdrucksvoll, fast gewaltsam, aber nie eckigt; oft nahe an der Fratze und doch nie widrig. Über das Lächeln und das Lachen ließe sich ein Kapitel schreiben: es ist ein wahres Aufglänzen des Innern.
Conrad Ferdinand Meyer. 1871.

Der wahre venezianische Cortesan – im Französischen, glaube ich, würde der passendste Ausdruck „L'homme accompli“ sein – ist ein Mann von Rechtschaffenheit, dienstfertig und behilflich. Er ist großmütig ohne Verschwendung; munter ohne Ausgelassenheit; er liebt die Weiber, ohne sich an sie zu fesseln; er liebt das Vergnügen, ohne sich zugrunde zu richten; er mischt sich in alles zum Besten der Sache; er zieht den Frieden und die Ruhe vor, aber er duldet keinen Betrug; er ist gesprächig und zutunlich gegen jedermann: ein warmer Freund, ein eifriger Beschützer. Ist das nicht das Bild eines vollkommenen Mannes, eines Mannes von Welt?
Carlo Goldoni. 1778.

Ein Stimmungsbild aus dem alten Venedig. Photographie von Hermann Clemens Kosel. 1910.

Die Schönheit dieser Venezianerinnen preisen, hieße Wasser ins Meer gießen, denn ihre Vorzüge sind so groß, daß der Tag Licht von ihren Augen leiht, der Frühling ist stolz, wenn er sich in die Farben ihrer Augen kleiden darf, das Gold strebt nach dem Glanz ihres Haars, das Ebenholz wäre glücklich, wenn es so schwarz wäre wie ihre Brauen, und das Elfenbein stolz, wenn es der Weiße ihrer Hände gliche.
Niccoló Franco. 16. Jh.

Was besonders reizvoll bei den Venezianerinnen ist, ist der Nakken, das Aufsitzen des Halses und der Beginn der Schultern. Man könnte sich nichts Zarteres, nichts Anmutigeres, nichts Feineres und nichts Wohlgerundeteres vorstellen.
Théophile Gautier. 1860.

Der „Diario Veneto" hat einmal das Gehirn der Venezianerin untersucht, und er fand darin: ein Spiel Karten, Miniaturbilder von Liebhabern, ein Stück von einem Harlekinskleid, unbezahlte Schneiderinnenrechnungen und eine Uhr, die zu den Mahlzeiten läutet.
Gazzaro Gozzi. 1761.

Als ich mich eines Tages halbmaskiert in einem Café aufhielt, kam ein Gondoliere herein und gab mir einen Wink, ihm zu folgen. Er bat mich, in eine Gondel einzusteigen, und in der Meinung, darin meine Freundin zu finden, stieg ich ohne Zögern ein und setzte mich an die Seite der Vermeintlichen. Die Nacht war sehr finster. Bei der gegenseitigen Begrüßung merkte ich am Klang der mir unbekannten Stimme, daß der Gondoliere sich geirrt haben mußte. Meine Neugier stieg auf das höchste. Ich wollte wissen, wer sie sei. Ich bat sie, mir zu gestatten, sie in ihre Wohnung begleiten zu dürfen. Da sie sah, daß ich sie mit Zärtlichkeit behandelte, so schien ich ihr nicht zu mißfallen.
Lorenzo da Ponte. 1749–1838.

Seit Jahrhunderten unumstritten: die Schönheit der Venezianerin. Das einst sprichwörtliche Blondhaar freilich findet sich heute kaum mehr.

Den Tag über auf dem Platz und am Ufer, auf den Gondeln und im Palast, der Käufer und Verkäufer, der Bettler, der Schiffer, die Nachbarin, der Advokat und sein Gegner, alles lebt und treibt und läßt sich es angelegen sein, spricht und beteuert, schreit und bietet aus, singt und spielt, flucht und lärmt.
Johann Wolfgang v. Goethe. 1786.

Der Grundzug des Charakters der Nation ist Fröhlichkeit, und der Grundzug der venezianischen Mundart ist der Scherz.
Carlo Goldoni. 1778.

Von überall hört man nur Gesänge. Wenn zwei Menschen eingehenkelt lustwandeln, scheinen sie sich in Musik zu unterhalten; im Wasser, auf den Gondeln ist es ebenso. Keine Melodie ohne eine zweite Stimme. Keine Arie, die nicht ein Duett wird.
Charles Burney. 1770.

Grundgescheut und aufgeweckt sind sie alle, verstehen einen Wink, wo man dem deutschen Jockel die Sache zehnmal sagen muß; nichts von dem vernagelten, kamelartigen Wesen, das ein oft noch so gescheuter junger Mensch in Deutschland an sich hat; alle Eigenschaften des Geistes, die auf das sinnlich Deutliche und Anschauliche gehen, stehen in der Blüte, aber die Tiefe, die Einkehr des Geistes in seine Tiefen fehlt.
Friedrich Theodor Vischer. 1859.

Venezianische Märkte begeistern durch ihre Buntheit und ihr reichhaltiges Angebot.

Er ging durch eine Gasse und war auf dem Fischmarkt.
Auf dem Markt lagen die schweren graugrünen Hummer mit den magentaroten Obertönen, die bereits ihren Tod im siedenden Wasser ankündeten, auf dem glitschigen Steinboden ausgebreitet oder in Körben oder in Kisten, die mit Henkeln aus Tauen versehen waren. Sie sind alle durch Hinterlist zu Gefangenen gemacht worden, dachte der Colonel, und ihre Scheren sind geknebelt.
Dort lagen die kleinen Seezungen und ein paar Albacore und Bonitos. Die sehen wie Kugeln aus mit 'nem Schiffsheck daran, dachte der Colonel, irgendwie würdevoll im Tod und mit dem riesigen Auge der Hochseefische.
Wollen mal sehen, was es sonst gibt.
Da gab es so viele Aale, die noch lebten, aber nicht mehr dreist auf ihr Aaltum vertrauten. Es gab schöne Garnelen, aus denen sich ein scampi brochetto machen ließ, aufgespießt und geröstet auf einem degenartigen Instrument, das man wie einen Brooklyner Eisspieß benutzen konnte. Es gab mittelgroße Krebse, grau und schillernd, die auch ihrerseits auf das siedende Wasser und ihre Unsterblichkeit warteten und deren ausgepulte Schalen bei Ebbe leicht auf dem Canal Grande hinausschwemmten.
ERNEST HEMINGWAY. ÜBER DEN FLUSS UND IN DIE WÄLDER. 1950.

Obstmarkt unter Arkaden. Photographie von Hermann Clemens Kosel. Um 1908.

Man atmet eine Art Wollust in dieser Stadt, die für die Sitten verderblich ist. Hier gibt es nichts als Vorstellungen, Vergnügungen, Zerstreuungen und Trivialitäten. In anderen Ländern dauern die Carnevalstorheiten nur einige Tage, hier darf man sechs Monate in Vergnügen schwelgen. Die Maskeraden scheinen speziell dafür erfunden zu sein, damit das Volk sich allen Lastern ohne Scham hingeben kann.
Reisebericht eines angeblichen Chinesen. 1769.

... der gegenwärtigen Tage ..., in denen der Karneval seinem Ende zugeht. Die gesamte Stadt scheint jetzt in ihrem närrischen Wesen derart trunken und rasend zu werden, daß ich vor Staunen und Schrecken ganz starr bin. Die Venezianer wetteifern derzeit so sehr miteinander, daß sie sich sogar in ihren Tollheiten noch zu übertreffen suchen und dabei die Grenzen zum Anstößigen überschreiten ...
Die Regierung hätte diesem ausschweifenden Maskentreiben leicht Zügel anlegen können, aber sie will oder darf es nicht. Falls ich hierüber eine Vermutung äußern soll: es scheint mir, daß die Republik absichtlich die Augen vor diesen Tollheiten verschließt, damit sie bei anderer Gelegenheit um so gehorsamere Untertanen hat.
... Davon abgesehen findet man aber nicht selten auch reizvolle Verkleidungen, insbesondere bei den Darstellungen von Adels- oder Bauernhochzeiten, die mit großem Gefolge durch die Stadt ziehen und auf dem Markusplatz, wo man sich der vielen Masken wegen kaum mehr bewegen kann, mit ihren Einfällen prunken. Dies alles gehört zu den venezianischen Vergnügungen, und man findet hier an solchen Tändeleien mehr Geschmack als an sonstigen Dingen.
Johann Caspar Goethe. 1740.

Viele Masken des berühmten venezianischen Karnevals werden von Figuren der Commedia dell'Arte inspiriert.

Seit der Carneval herrscht, schaut es so aus, als ob niemand mehr lesen könne. Kein Mensch verlangt mehr ein Buch. Sie verschimmeln mir unter den Händen, und alle die Schleifen mit auffallender Schrift, die ich herumlege, können ebensogut als Grabinschriften aufgefaßt werden.
GAZZARO GOZZI. 1761.

Wir sind mitten im Wirbel des Karnevals. Es ist eine Freude zu sehen, wie sich dieses Völkchen bewegt, als gäbe es keine Widerwärtigkeiten. Die Piazza, die Straßen und die Theater weisen denselben Zustrom auf.
LIPPOMANO. 22. 2. 1797.

Der heutige Karneval entstand Ende der siebziger Jahre und ist eine Erfindung von Fremdenverkehrsleuten und Hoteliers, die sich um die toten Touristikmonate Januar und Februar Sorge machten, sowie von einigen Künstlern und Intellektuellen, die ihre Stadt aus dem bis dahin üblichen Winterschlaf reißen wollten. Sicher ist Carnevale a Venezia heute nicht mehr das große Fest der Illusion und Doppelbödigkeit, das immerwährende Happening einer Gesellschaft am Rande der Dekadenz wie zu Casanovas oder Goethes Zeiten . . . Venedigs Problem ist, daß sein Karneval wie halberstarrt, wie geronnen wirkt. Zu selten springt ein Funke über von den Maskierten auf die Menge.
TEJA FIEDLER. 1988.

Zwei Masken des Karnevals 1988, zu einem Bild arrangiert.

Das Lido, ein langer Erdstreif, trennt die Lagunen von dem Meere, welches nur an zwei Orten hereintreten kann, bei dem Kastell nämlich und am entgegengesetzten Ende, bei Chiozza. Die Flut tritt gewöhnlich des Tages zweimal herein, und die Ebbe bringt das Wasser zweimal hinaus, immer durch denselben Weg in denselben Richtungen. Die Flut bedeckt die innern morastigen Stellen und läßt die erhöhteren, wo nicht trocken, doch sichtbar.
Johann Wolfgang v. Goethe. 1786.

Ich betrachte das stille Meer und die ferne Landzunge des Lido, die das Meer von der Lagune trennt und gegen die das Meer mit dumpfem Gebrüll anbrandet. Eine helle Linie bezeichnet den Kamm jeder Woge; der volle Mond strahlt über diesem ruhigen Schauspiel; die Luft ist so rein, daß ich das Takelwerk der Schiffe in Malamocco auf dem hohen Meer sehe; und dieser romantische Blick eröffnet sich vor der zivilisierten Stadt.
Stendhal. 1807.

Malamocco.
Hier möchte ich begraben sein, um die Stimme des Ozeans stets zu hören. Jeder Winkel auf Erden unterliegt der Sklaverei, das Meer allein ist die Zufluchtsstätte der Freiheit.
Lord Byron. 1819.

Nach dem Essen nahm ich eine Barke auf die Insel Lido, um dort im offenen Meere zu baden. Ich badete oft bei ziemlich bewegtem Meere; das Ding sieht im Anfang ziemlich unheimlich aus, die hohen Wellen, der dumpfe Donner und Schaum der Brandung – aber wenn man nur erst im Wasser ist, macht es sich ganz hübsch, man schwimmt federleicht, eine hohe Welle kommt drohend hoch über dich hier, legt dich hübsch ordentlich auf die Seite, und du streckst den Kopf wieder ganz wohlbehalten aus dem Wasser.
Friedrich Theodor Vischer. 1839.

Hotel Excelsior Palace auf dem Lido di Venezia, ein im maurischen Stil erbautes Luxushotel mit eigener Strandpromenade.

Die Lagunen sind eine Wirkung der alten Natur. Erst Ebbe, Flut und Erde gegeneinander arbeitend, dann das allmähliche Sinken des Urgewässers waren Ursache, daß am obern Ende des adriatischen Meeres sich eine ansehnliche Sumpfstrecke befindet, welche, von der Flut besucht, von der Ebbe zum Teil verlassen wird. Die Kunst hat sich der höchsten Stellen bemächtigt, und so liegt Venedig, von hundert Inseln zusammengruppiert und von hunderten umgeben. Zugleich hat man mit unglaublicher Anstrengung und Kosten tiefe Kanäle in den Sumpf gefurcht, damit man auch zur Zeit der Ebbe mit Kriegsschiffen an die Hauptstellen gelangen könne. Was Menschenwitz und Fleiß vor alters ersonnen und ausgeführt, muß Klugheit und Fleiß nun erhalten.
Johann Wolfgang v. Goethe. 1786.

Die Venezianer unterscheiden zwischen den „velme", den niedrigen Schuttanhäufungen der Flüsse und des Meeresschlammes, die fast aller Vegetation bar sind, und den höher gelegenen „barene", dicht verwachsenen Rücken, die nur selten überschwemmt sind. Diese sind das Revier der zahlreichen Wasservögel, hier nistet die gesangreiche „calandra", die Lerche der Lagunen, hier sind die Jagdgründe der venetischen Nimrode, die, ausgestreckt in ihrem kleinen Nachen, hinter der abenteuerlich langen Entenflinte auf einen guten Fang lauern.
Julius v. Schlosser. 1898.

Ein einsamer Leuchtturm am Ende der Mole – letzter Gruß des Festlands vor der offenen See.

Wir waren etwa fünf Meilen über das finstere Wasser hingerudert, da hörte ich es im Traume an ein nahes Hindernis branden. Ich blickte aufmerksam hinaus und sah durch das Dunkel etwas Schwarzes, Massenhaftes – wie ein Gestade, aber dicht und niedrig wie ein Floß auf dem Wasser liegend. Wir glitten daran vorbei. Der Führer der beiden Ruderer sagte, es sei ein Begräbnisplatz.
Voll von Interesse und Verwunderung über einen Kirchhof, der draußen auf der einsamen See lag, sah ich zurück.
Charles Dickens. 1844.

Die Kirche öffnet sich. Ein Zug tritt heraus, rot, eine rote Bahre tragend, die in eine rote Gondel gesetzt wird. Man trägt hier Trauer in Purpur.
Es ist ein Abgeschiedener, den man nach dem Friedhof einschifft, einer Insel auf dem Wege nach Murano. Die Geistlichen, die Träger, die Kerzen und Geräte der Kirche fährt eine voranrudernde Gondel.
Geh zur Ruhe, armer Abgeschiedener, unter dem Sande, den das Seesalz durchdringt, im Schatten eines Eisenkreuzes, das der Möwenflügel streifen wird! Für die Gebeine eines Venezianers würde das Festland ein allzu schwerer Mantel sein.
Théophile Gautier. 1860.

Am Allerheiligentag vollbrachte er die schwindelerregende Heldentat, ohne zu schwanken über die lange hölzerne Schiffsbrücke zum Friedhof auf die Insel S. Michele zu gehen.
Der Ort war ein Garten. Von allen Seiten drängten sich die Eiligen, die Gräber ihrer Toten mit Wachskerzen, Lampen und Blumen zu schmücken.
Frederick Rolfe, Baron Corvo. 1860–1913.

Auf der Fahrt nach Torcello passiert man die Insel San Michele, den malerischen Friedhof von Venedig, mit der gleichnamigen Kirche von M. Codussi (1478).

Die schönste aller Inselfahrten aber führt nach dem entlegenen Torcello. Dort liegt im kühlen Meeresgrund die alte Stadt Altino versunken, wo der Fischer dann und wann noch Marmorstücke im Netz herauszieht. Torcello selbst ist einsam und verlassen, auf dem ehemaligen Marktplatz wächst Gras; aber wie ehedem der Prätor hier Recht sprach, so steht der marmorne Lehnstuhl noch zwischen umgestürzten Säulenkapitälen. Das Volk nennt ihn die Sedia di Attila, zum Andenken an die Hunnen, die ihre Vorfahren einst zwangen, in diesen Inseln eine unzugängliche Zufluchtsstätte zu suchen; und die ehrwürdige Kirche San Fosca mit ihrem Achteck und der säulengetragenen Vorhalle, und der alte Dom mit seinen amphitheatralischen Chorherrensitzen und düster ernsten byzantinischen Mosaiken ragen als Denksteine der Zeit, wo hier einst, wie jetzt in Venedig, ein dichtgedrängtes Stadtvolk wimmelte.
Joseph Victor v. Scheffel. 1855.

Eine andere Insel, Murano, die Heimstätte der berühmten Glasindustrie, in größerer Entfernung jenseits des modernen Friedhofs von S. Michele gelegen, hat immer ein selbständiges Gemeinwesen gebildet. Ein Abbild Venedigs im kleinen, mit einem herrlichen romanischen Dom, hat es seine Blüte in der Renaissancezeit gehabt. Aber seine damals berühmten Gärten sind verschwunden, der Festjubel jener glücklichen Tage ist verrauscht und Murano spiegelt sich heute still und elegisch in seinem breiten Canalazzo. Hier ist noch das Venedig Byrons und Platens zu finden, das entvölkert und verarmt über den Fall seiner alten Herrlichkeit trauerte.
Julius v. Schlosser. 1898.

Ein Glasbläser, wenn er zum Schaden der Republik eine Fertigkeit in ein anderes Land bringt, soll aufgefordert werden, heimzukehren; weigert er sich, sollen seine nächsten Verwandten ins Gefängnis geworfen werden, damit sein Familiensinn ihn zur Rückkehr bewege; verharrt er in seinem Ungehorsam, sind heimliche Maßnahmen zu ergreifen, um ihn, wo immer er sich aufhält, aus dem Weg zu räumen.
Verordnung des Rats der Zehn. 1454.

Burano ist – ähnlich Vendig – ein auf mehreren kleinen Inseln in der Lagune erbautes Fischerdorf, das durch seine ab dem 16. Jh. florierende Spitzenklöppelei bekannt wurde. Photographie von Hermann Clemens Kosel. 1914.

Die Tauben von San Marco sind echte Venezianer, sie leben von den Fremden, und es steht zu befürchten, daß die meisten von ihnen während der Saison an Fettsucht zugrunde gehen. Aber es nimmt sich hübsch aus, wie sie sich zutraulich um die Maisspenderinnen scharen.
Wenn um 12 Uhr vom Arsenal her der Kanonenschuß fällt, fliegt die ganze Schar erschreckt auf und umkreist die Piazza. Vielleicht tun sie bloß erschreckt, und das Auffliegen gehört zum Programm der Sehenswürdigkeiten für die forestieri. Denn es ist leider so! Alles hat hier den Anschein, als sei es für die Fremden gemacht. Dieser Umstand beeinträchtigt den Genuß der schönen Stadt erheblich, in der die einzige Industrie, die es gibt, allzueifrig gepflegt wird: die Fremdenindustrie. Man wird das Gefühl nicht los: Welch Schauspiel, aber, ach, ein Schauspiel nur!
Otto Julius Bierbaum. 1902.

In Venedig kursiert die heimliche, wenn auch durch nichts begründete Hoffnung, Colleoni werde einmal von seinem Denkmal steigen und alle Tauben der Stadt mit seiner Eisenhand zerschmettern.
Marianne Langewiesche. 1962.

An dem sonnigen Septembervormittag, an dem ich die Freude hatte, die Tauben von San Marco zu beobachten, waren dort ihrer dreißigtausendsechshundertundvierzig versammelt, ein paar Sonderlinge, die auf der Piazzetta spazierengingen, nicht mitgerechnet. Plötzlich flogen alle mitsammen auf und flatterten in großen schiefen Ellipsen stürmisch rauschend über den Platz. Und als sie zu Boden gingen, ein gewaltiger weicher Wirbel von Blau und Weiß und Grau, war es, als ob sie aus der Luft geschüttet würden, so dicht fielen und lagen sie zuhauf übereinander.
Alfred Polgar. 1873–1955.

Die Tauben von Venedig – schon zur Zeit unserer Urgroßväter waren sie die wahren Herrscher über die Piazza San Marco.

Venedig ist da, es sitzt am Ufer des Meeres wie eine schöne Frau, die mit dem Tage erlischt; der Abendwind weht durch ihr duftendes Haar; sie stirbt, berührt von aller Anmut und allem Lächeln der Natur.
François-René de Châteaubriand. 1803.

. . . Und was ist Venedig heute? Ein großes Grab . . . Die herrliche Lagunenstadt ist heute eine Stätte des Elends, Lust und Wonne, Größe und Erhabenheit ward bestattet, ihr glänzendes Marmorgrab ragt märchenhaft aus den stillen Fluten, ein zauberschönes Bild, vor dem wir uns zurückträumen können in jene goldene Vergangenheit, da hier das Glück lebte.
Waldemar Frey. 1927.

Der Eindruck, den das alles auf mich macht, ist der einer großen Ruine! – Welch Gesindel auf diesen Barken und diesen Ufern! Welche Menge Kirchen und welch elendes Aussehen der Wohnungen!
Und doch bei alledem diese milde Luft, diese glückliche Sonne, diese köstlich grünen Gewässer und diese prägnanten Physiognomien, durch alle Verdorbenheit durchleuchtend!
Carl Gustav Carus. 1828.

Blick auf Dogenpalast, Ponte da Paglia und Gefängnis vom Riva degli Schiavoni aus.

Venedig aber ist die künstliche Stadt ... Als hätten alle Dinge alle Schönheit, die sie hergeben können, an ihre Oberfläche gesammelt und sich dann von ihr zurückgezogen, so daß sie nun wie erstarrt diese Schönheit hütet, die die Lebendigkeit und Entwicklung des wirklichen Seins nicht mehr mitmacht.
Es gibt wahrscheinlich keine Stadt, deren Leben sich so ganz und gar in einem Tempo vollzieht ... Und dies ist die eigentliche Ursache des „traumhaften" Charakters von Venedig, den man von je empfunden hat ... Die Monotonie aller venezianischen Rhythmen ... Nähert uns dem Traum, in dem uns der Schein der Dinge umgibt, ohne die Dinge selbst: als atmeten nur noch die obersten, bloß spiegelnden, bloß genießenden Schichten der Seele, während ihre volle Wirklichkeit wie in einem lässigen Traum abseits steht.
Georg Simmel. 1922.

Diese schlafenden Wasser, deren düstere Stille den Fuß all der alten Paläste benetzt, dieser schaurige Schatten, aus dessen Grunde man die Schmerzensschreie irgendeines berühmten Opfers zu hören glaubt, machen aus Venedig eine Art Hauptstadt des Schreckens: Sie hat den Eindruck des Unheilvollen bewahrt. Und doch, bei Sonnenschein, der Zauber des Canal Grande! Welche Spiegelungen in diesen Lagunen, wo das Wasser sich in Licht verwandelt!
Charles Gounod. 1896.

Venedig: eine einzige und dauernde Metamorphose; das Wirkliche wird Unsinn, das Geisterhafte Wirklichkeit; in einem unablässigen Hinundher wird jegliches die Metapher des anderen; Verwandlungen, Gleichnisse nehmen kein Ende mehr. Schwindel ergreift dich, und du hältst dich mit der Hand am Zink einer Bar, das dem silbernen Zeichen der Gondel gleicht, der du entronnen bist ...
Wilhelm Hausenstein. 1932.

Vom Campanile aus kann man einen herrlichen Blick z. B. über die fünf Kuppeln von San Marco genießen.

Mein Venedig versinkt nicht

Venedig
meine Stadt

Ich fühle sie
von Welle zu Welle
von Brücke zu Brücke

Ich wohne
in jedem Palast
am großen Kanal

meine Glocken
läuten Gedichte

mein Venedig
versinkt nicht.
Rose Ausländer. 1982.

Wahrlich, mein Los hast du mir auferlegt
An lieblichem Orte
Und die Schönheit dieses deines Venedig
Hast du mir dargetan
Bis seine Lieblichkeit für mich geworden ist
Ein Ding der Tränen.
Ezra Pound. 1884–1977.

O wie wird mich nach der
Sunnen frieren . . .
Albrecht Dürer. 1506.

Im Wasser des Kanals der Abglanz einer schönen Stadt. Photographie von Hermann Clemens Kosel. 1908.